# DES MILLIARDENSCHWEREN COWBOY'S DER WAHRGEWORDENE TRAUM

Die milliardenschweren Cowboys
von True Love, Texas
Buch Fünf

# HOPE MOORE

# Des Milliardenschweren Cowboy's Der Wahrgewordene Traum

Endlich fängt Doktor Austin Tanner auf der Hochzeit seines Bruders das Strumpfband seiner Schwägerin, während sein Blick gleichzeitig auf eine wunderschöne Kellnerin gerichtet ist, die ihn beobachtet – und im nächsten Moment zu Boden geht.

Alle seine Brüder glauben, dass er, nachdem er das Strumpfband gefangen hat, seine Lebenspartnerin finden wird, genau wie alle anderen Brüder. Doch Austin glaubt das nicht – sie ist verletzt, und das ist alles, woran er denkt, als er auf sie zustürzt. Er hat nie so recht geglaubt, dass das Fangen eines Strumpfbandes dazu führen könnte, die Liebe seines Lebens zu finden.

Tess Piper hat mehrere katastrophale Monate hinter sich, die sie dazu gezwungen haben, auf Hochzeiten zu kellnern. Sie hat in den letzten herzzerreißenden Monaten so viel verloren und versucht, darüber hinwegzukommen, indem sie ein neues Leben in einer neuen Stadt beginnt, in der sie niemand kennt. Doch in dem Moment, in dem ihr Blick dem des gutaussehenden Cowboys begegnet, von dem sie gehört hat, dass er ein Arzt ist, erstarrt sie und geht zu Boden … und als sie die Augen öffnet, sieht sie, dass der hinreißende Arzt auf sie hinabblickt … und ihr Leben ändert sich. Oder könnte es, wenn sie es zulässt.

Wieder einmal soll sich die Legende des Strumpfbands bewahrheiten. Sobald einer der milliardenschweren Brüder das Strumpfband gefangen hat, soll er seiner einzigen wahren Liebe begegnen. Hört sich simpel ab, doch so einfach ist es nicht immer … Tauchen sie ein in diese bezaubernde Serie von Liebesromanen, die sie zum Lächeln bringen wird.

# KAPITEL EINS

Austin Tanner beobachtete, wie sein Bruder Jake vor der Kirche lächelte, als wäre er der gesegnetste Mann der Welt. Hanna, die städtische Tierärztin, stand ihm gegenüber und lächelte ihn ebenso breit und glücklich an, als der Pastor sie der Menge als Mr. und Mrs. Jake Tanner vorstellte.

Die Hochzeitsgäste begannen zu applaudieren, und Austin tat es auch. Er freute sich für seinen Bruder und über das Glück, das aus seinem Gesichtsausdruck strahlte, als er seinen Kopf neigte und seine Braut begeistert küsste. Es war ein großartiger Tag gewesen, und Austin war froh zu sehen, wie glücklich Jake und Hanna waren. Alle sahen es.

Austin konnte immer noch nicht glauben, dass sich alle seine Brüder im letzten Jahr in die erste Frau verliebt hatten, die sie gesehen oder mit der sie gesprochen hatten, nachdem sie bei einer Hochzeit ein Strumpfband gefangen hatten – und sie dann auch noch geheiratet hatten … alle außer Bret, der sich verliebt hatte, aber nicht nach dem Fangen eines Strumpfbands. Nachdem er beobachtet hatte, wie es seinen Brüdern passiert war, hatte Austin es für verdächtig gehalten und angefangen, Hochzeiten zu vermeiden. Allerdings konnte er sich vor den Hochzeiten seiner Brüder nicht drücken, also hatte er seine Hände in seinen Hosentaschen behalten und andere das fliegende Strumpfband fangen lassen, wenn das Spiel gespielt wurde.

Doch nachdem er gesehen hatte, wie sich seine Brüder Cole, Levi und jetzt Jake in eben die erste Frau verliebt hatten, mit der sie gesprochen hatten, nachdem sie das Strumpfband gefangen hatten, konnte er nicht umhin, neugierig zu sein, was in aller Welt da vor sich ging. Und würde ihm das passieren? Es war eine Erleichterung, dass Bret die Strumpfbandtheorie seiner Brüder widerlegt hatte, indem er nicht die erste Frau geheiratet hatte, der er nach dem Fangen des

Strumpfbandes in die Augen geblickt hatte.

Doch was war mit ihm … wollte er, dass es ihm passierte?

Austin hatte im Grunde nichts dagegen, wenn seine Zeit gekommen wäre, die Liebe seines Lebens zu finden, denn seine Brüder waren glücklich – extrem leidenschaftlich glücklich. Aber er war damit beschäftigt, seine Karriere als Arzt aufzubauen, und er war sich immer noch nicht sicher, ob er bereit war, sich zu verlieben. Er hatte sich noch nicht einmal ein Haus gekauft. Er war in eine der Hütten der Ranch gezogen, nachdem sein älterer Bruder Cole Tulip geheiratet und er den Frischverheirateten das Haupthaus überlassen hatte. Levi und Bret hatten das schon früher im Jahr getan und hatten nun zwischenzeitlich geheiratet und bauten mit ihren Frauen ihre eigenen Häuser auf der Ranch. Er hatte bis vor Kurzem nicht gewusst, was sein nächster Schritt in seiner Karriere sein würde, also war er in der Hütte geblieben. Als er nun zusah, wie Hanna und Jake unter dem Beifall und Jubel aller Arm in Arm den Mittelgang hinuntergingen, spürte sein Herz ein stechendes Gefühl von Neid. Es war das erste Mal, dass er dieses Gefühl bei einer der Hochzeiten seiner Brüder erlebte.

Alle gingen von der Kirche in das Zelt auf der Wiese neben der Kirche. Hanna hatte gewollt, dass die Hochzeit in der Stadt und nicht auf der Ranch stattfand, weil ihre Kunden näher dran waren, da sie alle aus der weiteren Gegend um True Love, Texas kamen. Sie war eine ausgezeichnete Tierärztin und alle liebten sie. Er war stolz darauf, sie jetzt seine Schwägerin zu nennen.

Austin ging zum Getränketisch und nahm sich ein Glas Eistee. Er trank sofort einen Schluck und beobachtete dann, wie das Brautpaar glücklich Gratulationen entgegennahm, als der Empfang begann.

Er freute sich für Jake und Hanna. Jake hatte sich fast in dem Moment in Hanna verliebt, als sie in die Stadt gezogen war, aber es hatte einige Zeit gedauert, bis sich alles in die richtige Richtung entwickelt hatte. Es hatte eine Weile gedauert, aber er war wirklich froh, seinen Bruder glücklich zu sehen.

„Das ist gut gelaufen", sagte Bret, als er heraufkam. „Bereit, hier gleich ein Strumpfband zu fangen?"

Er hatte gewusst, dass diese Bemerkung kommen

würde. Seine Brüder nahmen an, dass er, weil er der Letzte war, der noch ledig war, heute Abend das Strumpfband fangen würde, wenn Jake es warf. Dann würde er seine Frau kennenlernen und bald heiraten. Obwohl es bei Bret anders gelaufen war, glaubte er, dass es für Austin so passieren würde.

Austin sah seinen Bruder mit hochgezogener Augenbraue an. „Ich habe dir und den anderen gesagt, dass du nicht davon ausgehen sollst, dass ich derjenige bin, der das Strumpfband fängt. Ich werde mich nicht ducken, aber es muss mich schon direkt treffen, damit ich es fange. Nur weil die anderen eins gefangen und kurz darauf geheiratet haben, heißt das nicht, dass es am Strumpfband liegt. Das weißt du selbst. Ich bin jedoch nicht bereit, es auszuprobieren."

„Aber ich habe mich verliebt, nachdem ich es gefangen hatte. Sehen wir nicht glücklich aus?"

Er grinste. „Ihr seht sehr glücklich aus und ich bin froh darüber, aber ich bin mir nicht sicher, ob meine Zeit schon gekommen ist. Mit meinem Wechsel von der Notaufnahme in meine eigene Arztpraxis in Fredericksburg, muss ich mich an Vieles gewöhnen. Es ist nicht die beste Zeit, um mit dem Daten anzufangen.“

„Ich verstehe, was du meinst, und mit deinem Studium und deinem Talent bist du wahrscheinlich schlauer als wir alle. Wenn Liebe passiert, passiert sie jedoch nicht, wenn es uns gerade passt. Also, wenn das Strumpfband auf dich zukommt, dann fang’ es und schau, was passiert. Glaub mir, du wirst es nicht bereuen.“

„Ich würde sagen, wenn ich mich nach dem Strumpfband strecke und es fange, wenn ich es nicht sollte, dann zählt es nicht. Aber wenn es direkt auf mich zukommt, vielleicht. Außerdem bin ich immer noch nicht davon überzeugt, dass ihr wegen des Strumpfbands geheiratet habt oder ob es nur ein Zufall war.“

„Dann fang es und sieh selbst.“ Bret grinste herausfordernd.

Das hatte er sich selbst eingebrockt. „Zeit, Mom und Dad zu besuchen und aufzuhören, über mich zu reden.“

Bret zog eine Augenbraue hoch. „Wie du meinst. Wahrscheinlich werden sie dir dasselbe sagen.“

DES MILLIARDENSCHWEREN COWBOY'S
DER WAHRGEWORDENE TRAUM

Sie gingen auf ihre Eltern zu. Sie waren heute zur Hochzeit gekommen und würden morgen auf eine Kreuzfahrt aufbrechen. Seine Eltern hatten jahrelang hart auf der Ranch gearbeitet und waren nicht viel gereist, bevor sie vor ein paar Jahren auf ein riesiges Ölreservoir gestoßen waren, das ihrer aller Leben verändert hatte. Seine Eltern hatten die Ranch fast sofort an ihn und seine Brüder übergeben; Sie waren in den Ruhestand gegangen, hatten sich ein Haus mit Meerblick in Florida gekauft und zu reisen begonnen, während ihre Söhne die Viehzucht übernommen hatten.

Er und seine Brüder freuten sich für sie und freuten sich, sie zu sehen, wenn sie es in die Stadt schafften.

„Mom, Dad, es war toll, nicht wahr?" Er verdrängte die Gedanken an das Strumpfband aus seinem Kopf. Wenn er sich verlieben sollte, würde er es tun, und ein Strumpfband hatte nichts damit zu tun.

Die Augen seiner Mutter leuchteten. „Es war wundervoll. Jetzt freuen wir uns, zu sehen, wie du das Strumpfband fangen und dich auch verlieben wirst."

Vielleicht sollte er jetzt nach Hause gehen. Die Erwartungen an ihn heute Abend waren unmöglich.

* * *

Die Kellnerin Tess Piper trug ein Tablett mit Datteln im Speckmantel, als alle Männer aufgefordert wurden, sich zum Strumpfbandwerfen zu versammeln. Sie hatte den inneren Rand der Menge erreicht und konnte gut sehen, wie der Bräutigam ihnen den Rücken zukehrte, bereit, das Strumpfband zu werfen. Tess blieb stehen, da sie nicht die Einzige sein wollte, die sich bewegte, als er es über seine Schulter warf. Ihr Blick wanderte zu den Männern, blieb aber sofort am Bruder des Bräutigams hängen, den sie schon bemerkt hatte, als er das Zelt betreten hatte. Austin sah gut aus mit seinem kurzen, dunklen Haar und seinen dunkleren blauen Augen und einem Kinn, das sie plötzlich mit ihren Fingerspitzen nachfahren wollte. *Was dachte sie da nur?*

Zuvor hatte sie eine der anderen Kellnerinnen gefragt, wer er sei, und ihr war gesagt worden, er sei Austin, der Bruder des Bräutigams und ein Arzt, der gerade eine Praxis am Stadtrand von Fredericksburg übernommen hatte. Sie hatte versucht, es nicht zu tun, ertappte sich aber immer wieder dabei, wie sie ihn den ganzen Abend beobachtet hatte, während sie die Gäste bediente. Er sah aus wie ein netter Kerl, aber natürlich sagte sie sich, dass sie sich nicht für den Mann interessieren sollte, weil sie hier war, um zu arbeiten.

Sie war hier, um ihr Leben wieder aufzubauen.

Und das bedeutete nicht mit einem Mann.

Doch jetzt war sie seinem Blick begegnet, als Jake das Strumpfband über seine Schultern warf. Sie konnte den Blick nicht von diesem Cowboy-Doktor abwenden, als er ihren festhielt, als könnte er auch nicht wegsehen. Sie schnappte nach Luft, als das Strumpfband Austin ins Gesicht schnalzte.

Er zuckte zusammen, riss seinen Blick von ihr los und fing wie durch ein Wunder das Strumpfband auf, bevor es zu Boden fiel. Sie war fasziniert davon, wie erschrocken der Mann war, als er das Stück Stoff in seiner Hand betrachtete. Offensichtlich war er nicht in der Gruppe gewesen, um das Strumpfband zu fangen. Zu ihrer Überraschung sah er sie wieder an, seine Augen durchbohrten sie geradezu. Erschrocken wich sie zurück, gerade als sie hart von hinten gestoßen wurde, wodurch das Tablett mit dem Essen durch die Luft flog, als sie vorwärts stolperte. Ihre Füße flogen hinter ihr hoch, als sie vornüber zu Boden fiel. Sie streckte ihre

Hände aus und versuchte, zu verhindern, auf den harten Boden zu schlagen. Ihre Hand landete zuerst und sie schrie, als ihr Körper folgte. Unfähig, sich in diesem Moment zu bewegen – so sehr pochte der Schmerz – lag sie einfach da und kämpfte mit den Tränen.

Jemandes sanfte Hände berührten ihre Schultern und rollten sie vorsichtig auf den Rücken. Und durch ihre Tränen starrte sie in die besorgten Augen von Austin Tanner.

Oh Gott, er war umwerfend. Und obwohl sie vor Schmerz kaum atmen konnte, sah sie die Sorge in seinen Augen.

„Bleib' einfach liegen. Ich bin Arzt, also lass mich dich untersuchen." Sein Blick glitt über ihren Körper und kehrte dann zurück zu ihren Augen. „Tut dir irgendwas weh, abgesehen von dem Handgelenk, das du hältst?"

Sie konnte sich nicht bewegen und wollte es im Moment auch nicht. „Nur mein Handgelenk. Meine Knie ein bisschen." Sie kämpfte gegen die Tränen an und starrte auf ihre Hände anstatt in seine Augen.

Er hatte ihre Hand schon in seine genommen und tastete behutsam das anschwellende Handgelenk ab.

„Dein Handgelenk ist entweder verstaucht oder gebrochen. Bist du sicher, dass du nirgendwo sonst Schmerzen hast?"

„Ich denke, das ist alles."

„Dann lass uns versuchen, dich hinzusetzen, und lass mich dein Handgelenk genauer ansehen." Er brachte sie in eine sitzende Position. „Kannst du sitzen, während ich mir dein Handgelenk ansehe?"

Sie nickte und er ließ ihre Schultern los und nahm sanft ihre Hand in seine.

Niemand der Schaulustigen, die sich um sie versammelt hatten, störten ihn, als er ihren Arm und ihr Handgelenk untersuchte. Seine Finger waren sanft, doch als er eine Stelle an ihrem Handgelenk berührte, unterdrückte sie verzweifelt einen Schrei.

Sein besorgter Blick begegnete ihrem. „Ich glaube, das müssen wir röntgen. Ich habe ein Gerät in meiner Praxis am äußeren Rand von Fredericksburg, also lass mich dir aufhelfen und dich dorthin bringen."

Sie wollte nur kein gebrochenes Handgelenk haben. Das würde ihr nicht helfen. „Aber das ist die Hochzeit deines Bruders." Sie fühlte sich schrecklich, ihn von der Feier wegzuholen.

„Sie ist fast vorbei. Sie werden noch tanzen und dann in die Flitterwochen aufbrechen. Wir gehen einfach nur ein bisschen früher. Okay?"

Der Bräutigam trat hinter ihr aus der Menge heraus, wo sie ihn nicht hatte sehen können. Jetzt sah Jake freundlich auf sie herunter. „Austin ist der beste Mann, um sich um Sie zu kümmern, und wir sind dankbar und unterstützen voll und ganz, dass er das tut. Also lassen Sie sich bitte von ihm helfen."

Ihr Blick wanderte vom Bräutigam zurück zu Austin. „Das werde ich, danke." Trotz der Schmerzen in ihrem Handgelenk brachte der Blick in die Augen des freundlichen Arztes ihr Herz dazu, praktisch einen Purzelbaum zu schlagen. Und wenn er lächelte … sie wusste, dass es schwer sein würde, es zu ignorieren, doch sie würde genau das tun.

„Gut. Jetzt lass mich dir aufhelfen, dann gehen wir zu meinem Truck und dann in meine Praxis. Wie heißt du eigentlich?" Er legte sanft seinen Arm um ihre Taille und half ihr aufzustehen.

Sie musste zugeben, sie hätte sich für diesen Mann entschieden, wenn irgendjemand im ganzen Raum den Arm um sie legen und ihr beim Aufstehen helfen sollte.

Sie begegnete seinem Blick. „Ich bin Tess Piper. Und danke."

„Freut mich, dich kennenzulernen, Tess, ich bin nur froh, dass ich hier bin, um dir zu helfen."

Ihr Boss trat neben sie. „Austin, wir können sie ins Krankenhaus bringen."

„Danke, Tim, aber ich bestehe darauf", sagte Austin ohne zu zögern.

„Dann danke." Tim sah sie an. „Lass mich wissen, was es ist. Hier sind die Versicherungsinformationen für den Fall, dass du deine Handtasche nicht dabei hast."

Sie nahm die Karte in ihre freie Hand. „Vielen Dank. Das sollte helfen."

Austin führte sie aus dem Zelt, den Arm um ihre Taille gelegt. „Das ist nicht nötig. Die Aufnahmen mache ich natürlich kostenlos."

Sie sah zu ihm auf, ihr Herz hämmerte. „Danke." Sie hätte gerne nein gesagt und darauf bestanden, dass sie ihre eigenen Rechnungen bezahlen konnte … aber sie wusste, dass sie es im Moment eben nicht konnte.

Nicht, bis sie wieder Fuß gefasst hatte.

# KAPITEL ZWEI

Minuten später half Austin der hübschen Tess in seinen Truck. Sein Bruder Cole hatte ihn in vors Haus in die runde Auffahrt gebracht, während er sie nach draußen führte. Auf dem Weg hinaus wünschten ihr alle viel Glück und dankten ihr, dass sie bei der Hochzeit geholfen hatte. Jake und Hanna hatten ihr beide für ihre Hilfe gedankt und ihr gesagt, dass es ihnen so leid tat, sie verletzt zu sehen. Sie hatte ein schwaches Lächeln zustande gebracht, doch er konnte am Ausdruck in ihren Augen erkennen, dass sie starke Schmerzen hatte, also würde er sich um sie kümmern, und zum Glück entspannten sie sich, weil sie wussten, dass er es tun würde.

Er half ihr auf den Beifahrersitz des Trucks und schnallte sie an. Dann ging er schnell um den Truck herum und setzte sich hinter das Lenkrad. Als er ihr schmerzverzerrtes Gesicht sah, griff er auf den Rücksitz und zog seine Notfalltasche nach vorn; dann holte er eine Flasche mit einem nicht verschreibungspflichtigen Schmerzmittel heraus – etwas stärker als Aspirin – und dann nahm er eine ungeöffnete Flasche mit Wasser, die er für Notfälle im Auto hatte. Er schraubte sie auf und hielt ihr beides entgegen.

„Was ist das?", fragte sie.

„Was gegen deine Schmerzen. Nichts von der Art, die dich umhaut, sondern von der Art, die den Schmerz lindert."

Ihr Gesichtsausdruck war dankbar. „Danke. Genau, was ich brauche." Sie schluckte das Schmerzmittel schnell und spülte es mit dem Wasser hinunter.

Daran bestand kein Zweifel; sie hatte Schmerzen. Das gefiel ihm nicht. Sie musste wirklich unglücklich am Boden aufgeschlagen sein und er hatte das ungute Gefühl, dass sie ein gebrochenes Handgelenk haben könnte. Es könnte jedoch auch nur verstaucht sein; das konnte auch extrem schmerzhaft sein, würde aber schneller heilen. Zum Glück würden sie es bald wissen.

Augenblicke später waren sie auf dem Weg nach Fredericksburg in seine neue Praxis. Seine Entscheidung, seine Arbeit in der Notaufnahme aufzugeben und endlich seine eigene Praxis zu eröffnen, hatte er schnell getroffen, als der Arzt, der in seiner Kindheit ihr Hausarzt gewesen war, angerufen und ihm mitgeteilt hatte, dass er in den Ruhestand gehen würde. Doktor Perry hatte ihm ein unglaublich günstiges Angebot gemacht, seine Praxis zu übernehmen, weil er sie an Austin verkaufen und ihm die Betreuung seiner geliebten Patienten anvertrauen wollte. Die Praxis lag am Stadtrand von Fredericksburg, was sie für Leute, die außerhalb wohnten, leicht erreichbar machte. Und für ihn, wenn man bedachte, dass er immer noch auf der Ranch außerhalb von True Love lebte, dreißig Meilen von der Arztpraxis entfernt.

Austin fühlte sich durch Dr. Perrys Angebot geehrt und erkannte, dass es genau das war, was er wollte, und wickelte den Kauf innerhalb von zwei Wochen ab. Er war sofort mit Dr. Perry an die Arbeit gegangen, der noch ein paar Wochen bei ihm blieb, um ihm zu helfen, sich einzugewöhnen. Und um sich von seinen Patienten zu verabschieden und Austin so vielen von ihnen vorzustellen, wie er konnte. Es hatte Austin gezeigt, dass er genau das wollte: Patienten, um die er sich kümmerte und die immer wieder zu ihm kamen. Auf diese Weise konnte er sich schließlich niederlassen und bereit sein, wenn er sich verliebte und heiraten wollte. Er war noch nicht so weit, aber er war bereit, sich darauf vorzubereiten, und allein diese Vorstellung machte ihn glücklich.

„Gerne. Ich bin froh, dass ich da war, um dir zu helfen, und es tut mir so leid, dass es während des dummen Strumpfbandwerfens passiert ist." Weiter ging er mit seinen Gedanken nicht. *Das Strumpfbandwerfen, bei dem sein Blick an ihrem hängengeblieben war und sie dann ausgerutscht und hingefallen war.* Er war sich nicht sicher, was in diesem Moment passiert war, als sich ihre Blicke getroffen hatten, aber er fühlte sich für ihren Unfall verantwortlich.

Tess blinzelte ihn an und sah sehr emotional aus. „Es war nicht deine Schuld. Ich habe nicht aufgepasst."

Er streckte seine rechte Hand aus und berührte ihren unverletzten Arm. „Es war ein Unfall. Ich habe dich fallen gesehen, nachdem sich unsere Blicke getroffen haben, und ich glaube, es war einfach viel los um dich herum, als du das Gleichgewicht verloren hast und nach vorn gefallen bist." *So, hoffentlich half das, ohne näher auf die Tatsache einzugehen, dass keiner von ihnen auf irgendetwas außer einander geachtet hatte.*

„Vielleicht." Sie lehnte ihren Kopf zurück und schloss die Augen.

Sie fuhren ein paar Minuten schweigend. Dann gewann seine Neugier die Überhand. „Diese Firma, für die du heute Abend bei der Hochzeit gearbeitet hast, hat in den letzten Monaten mehrere andere Hochzeiten und Veranstaltungen für uns gecatert, an denen ich teilgenommen habe. Ich habe dich bei keiner davon gesehen. Bist du neu in der Stadt?"

Sie öffnete die Augen, begegnete seinem Blick und starrte dann auf ihre Hände. „Ja. Ich bin vor knapp zwei Monaten hierher gezogen. Ich lebe in einer kleinen Mietwohnung außerhalb von Fredericksburg. Ich war froh, diesen Job gefunden zu haben, und habe nie im Traum damit gerechnet, einen Unfall zu haben."

„Ich glaube nicht, dass im Restaurant oft Unfälle passieren, also wird hoffentlich alles glattgehen, wenn du wieder gesund bist. Es scheint eine gute Firma zu sein, für die man arbeiten kann. Alle scheinen dort zufrieden zu sein. Meine Schwägerin und ihre beiden Ehemänner veranstalten Partys und buchen sie oft, wie gesagt auch für ihre Hochzeiten. Hoffentlich kann Tim dich weiterarbeiten lassen, selbst wenn dein Handgelenk gebrochen ist."

Tess blickte in seine Richtung, so wie er von der Straße zurück zu ihr geblickt hatte. „Ich habe im letzten Monat auf mehreren Partys und Hochzeiten gearbeitet. Vielleicht waren es so viele, weil Frühling ist. Aber ich habe keine Ahnung, was jetzt passieren wird."

In den kurzen Momenten, in denen er sie angesehen hatte, sah Austin die Sorge in ihren Augen. Jetzt starrte er auf die Straße, und seine Gedanken kreisten. Er sah sie erneut an; sie hatte ihren Kopf an die Kopfstütze gelehnt und ihre Augen wieder geschlossen. Hoffentlich wirkte das Schmerzmittel. Doch eines war sicher: Sollte sie ihren Job verlieren, würde er dafür sorgen, dass sie einen neuen fand.

* * *

Sie erreichten das rote Backsteingebäude und es dauerte nicht lange, bis er Tess' schmerzendes Handgelenk geröntgt hatte. Jetzt beobachtete sie, wie er das Schwarz-Weiß-Foto studierte.

Er drehte sich zu ihr um und sah erleichtert aus. „Dein Handgelenk ist nicht gebrochen."

Bei Austins Worten füllten sich ihre Augen mit Tränen der Erleichterung. „Das ist gut", keuchte sie.

Er lächelte, sah aber weiter besorgt aus. „Ja, aber es ist verstaucht. Ich werde es für dich verbinden. Dann gebe ich dir noch zwei Ibuprofen, um zu sehen, ob das ausreicht, um die Schmerzen zu lindern, und dann bringe ich dich nach Hause, damit du dich ein bisschen ausruhen kannst. Da es keine schlimmere Verstauchung ist, sollte das Ibuprofen reichen, aber wir werden sehen."

„Danke, dass du das alles für mich getan hast." Erleichterung durchströmte sie. Sie wusste, dass es eine Weile dauern konnte, bis Verstauchungen verheilt waren, aber sie würde es positiv sehen. „Ich bin froh zu wissen, dass es nicht gebrochen ist und hoffe nur, dass es nicht lange dauert, bis es verheilt."

Er hatte sich auf einen Hocker gesetzt und angebunden, ihren Arm mit einer elastischen Bandage zu verbinden. „Das wird schon wieder, aber du solltest das Gelenk mindestens eine Woche nicht belasten. Vielleicht länger. Und es ist besser, wenn du die Hand gar nicht benutzt, bis ich dir sage, dass du es wieder tun kannst. Vielleicht kann dein Boss dich für ein oder zwei Wochen mit nur einem Arm einsetzen. Oder vielleicht länger, wir werden sehen."

Sie starrte ihn an. Er hasste es eindeutig, ihr das zu sagen, und sie hasste es, es zu hören. „Ich werde schon eine Lösung finden. Zum Glück ist es nicht gebrochen und es ist nicht meine Schreibhand, also kann ich vielleicht für eine Weile im Büro aushelfen."

„Vielleicht." Er verband weiter ihre Hand, ihr Handgelenk und ihren Unterarm. „Wenn irgendwas passiert und du nicht weiterarbeiten kannst, kann ich dir helfen, einen anderen Job zu finden. Ich könnte dich sogar einstellen, um hier in der Praxis auszuhelfen. Und dann, wenn du den anderen Job bevorzugst, würden sie dich wahrscheinlich wieder einstellen, wenn dein Handgelenk geheilt ist.

„Es ist nicht deine Verantwortung, mir einen Job zu besorgen. Du hast mir schon so sehr weitergeholfen. Allein schon mit dem kostenlosen Röntgenbild und dem Verband …" Sie schluckte schwer, ihre Nerven angeschlagen. „Ich bin momentan finanziell nicht in der besten Situation. Und ich war mir nicht sicher, ob mein Boss die Rechnung bezahlen oder mir die Kosten später ersetzen würde, wenn überhaupt. Kein Grund zur Sorge, ich komme schon zurecht." Sie bemühte sich sehr darum, positiv zu klingen und hoffte, dass er annahm, dass das leichte Zittern in ihrer Stimme vom Schmerz herrührte.

Als er mit dem Verbinden fertig war, stand auf und brachte, was er nicht gebraucht hatte, zum Schrank und legte es zurück, bevor er sich umdrehte und sie ansah. „Ich will sicher sein, dass du das Geld hast, das du brauchst. Und wie gesagt, ich stelle dich gerne ein, um in meiner Praxis auszuhelfen. Ich habe das Angebot ernst gemeint. Ich brauche Hilfe. Aber denke' ruhig darüber nach, und ich werde mich morgen bei dir melden. Jetzt bringe ich dich nach Hause, damit du dich ausruhen kannst."

„Klingt gut", sagte sie schwach.

Er half ihr auf und nachdem sie das Gebäude verlassen hatten, half er ihr wieder auf den Beifahrersitz. Dann zog er den Sicherheitsgurt über sie und schnallte sie an. Sie starrte ihn an, unfähig, ihre Augen von seinem hübschen Gesicht abzuwenden. Seine Augen gruben sich in ihre und jagten Schauer durch sie hindurch, obwohl sie wusste, dass sie die Anziehung, die von ihm ausging, ignorieren musste.

Sie hatte ihr bisheriges Leben verloren und versuchte immer noch, sich an den Verlust zu gewöhnen. Als sie nach Fredericksburg gekommen war, war sie pleite gewesen und hatte an einem gebrochenem Herzen gelitten. Es war eine schöne Gegend und angesichts der vielen Weintouristen in der Stadt war sie sich sicher gewesen, dass sie einen Job finden würde. Sie hatte ein günstiges Motel für die Nacht gefunden und sofort mit der Suche angefangen. Das Glück war auf ihrer Seite gewesen und am nächsten Morgen hatte sie einen Job als Kellnerin und dann eine billige, winzige Wohnung am Stadtrand gefunden.

Es war nichts Besonderes, überhaupt nicht, aber es war alles, was sie sich leisten konnte oder zu diesem Zeitpunkt brauchte. Sie brauchte nur einen Job und um wieder auf die Füße zu kommen, und das etwas heruntergekommene Haus reichte vorerst.

Vor allem, wenn man bedachte, dass die Verletzung ihre Fähigkeiten in ihrem Job zu arbeiten beeinträchtigen könnte. Sie musste Geld verdienen, sonst wäre sie in Schwierigkeiten. Die Sorge begann sie zu übermannen, obwohl es nur ein oder zwei Wochen dauern sollte, bis ihr Arm verheilt war.

Sie konzentrierte sich darauf, ihm zu sagen, wo ihre Wohnung war, anstatt daran zu denken, was passieren würde, wenn sie sehr lange von der Arbeit fernbleiben müsste. Innerhalb weniger Minuten bog Austin in die Einfahrt ein. Er sagte nichts über das heruntergekommene Haus, als er anhielt. Stattdessen stellte er den Motor ab, nahm die Schlüssel, als er seine Tür aufstieß, sprang heraus und warf sie hinter sich zu, bevor er um den Truck herum zu ihr joggte. Wie in Trance beobachtete sie ihn.

„Lass mich dir helfen", sagte er, als er ihre Tür öffnete. „Du siehst desorientiert aus. Vielleicht das Schmerzmittel."

Erstaunt über seine schnelle Schlussfolgerung streckte sie die Hand nach seiner aus, als ihr klar wurde, dass er recht hatte; sie war benommen. „War das letzte Medikament anders?"

„Ja. Ich habe dir ein verschreibungspflichtiges Schmerzmittel gegeben, das ein bisschen stärker ist als das nicht Verschreibungspflichtige davor. Ich wollte dich nach Hause bringen und ins Bett, wo du hoffentlich die Nacht durchschlafen wirst. Und gerade hast du so besorgt ausgesehen, da dachte ich mir, dass du Hilfe brauchst."

„Ich mache mir gerade Sorgen, wie ich ins Haus kommen soll."

„Ich helfe dir." Er half ihr, aus dem Truck zu steigen; legte einen Arm um ihre Taille und stützte sie, während sie zur Haustür gingen.

Sie hatte ihm zuvor gesagt, dass der Türschlüssel am Ring mit ihren Autoschlüsseln sei, den er in seine Tasche gesteckt hatte. Er zog den Ring heraus und hatte den Schlüssel bereit, als sie die Tür erreichten und sie schnell aufschwingen ließen. Tess war ein bisschen wackelig auf den Beinen, als er sie in die winzige Kombination aus Wohnzimmer und Küche führte. Sie sah, wie er den Blick über das alte Sofa und den Sessel und einen kleinen Küchentisch schweifen ließ, die zur Möblierung der Wohnung gehörten, was gut war, wenn man bedachte, dass sie keine eigenen Möbel hatte. Das Sofa und der Sessel waren alt, aber so sauber, wie sie sie hatte bekommen können. Sie hatte sie mit einem Polsterreiniger geschrubbt und sie dann mehrmals abgesaugt. In dem winzigen Flur, der zum Schlafzimmer führte, gab es ein Badezimmer, und genau dort wollte sie hin.

„Ich muss zur Toilette." Sie lehnte ihren Kopf an seine Schulter, als ihre Knie nachgaben.

„Okay, aber danach gehst du ins Bett." Er führte sie ins Badezimmer. „Schaffst du das alleine?"

„Ich komm' schon klar. Geh ruhig." Sie legte ihre Hände auf den Waschtisch und er verließ den Raum und zog die Tür hinter sich zu. Sie starrte sich im Spiegel an. Sie sah schrecklich aus. Dann drehte sie sich um und benutzte die Toilette. Hoffentlich würde sie sich morgen nach ein bisschen Schlaf wieder normaler fühlen.

* * *

Austin ging in die Küche, öffnete die Schränke und fand ein Glas, dann die Eiswürfel im Gefrierfach des alten Kühlschranks. Er warf ein paar Würfel in das Glas und füllte es dann mit Wasser. Er hatte das Glas gerade auf den Nachttisch gestellt, als er hörte, wie sich die Tür zum Badezimmer öffnete.

Er blickte auf, als sie herauskam, und sich am Türrahmen festhielt. „Warte." Er eilte zu ihr und legte seinen Arm um sie. „Bist du okay?"

„Ich bin immer noch wackelig."

„Lass mich dir helfen." Er half ihr ins Bett. „Willst du dich umziehen? Kann ich dir was bringen?"

„Die oberste Schublade der Kommode." Sie nickte in Richtung der cremefarbenen Kommode. „Da sind ein Baumwoll-T-Shirt drin und eine Jogginghose."

Als er die Schublade öffnete und die Kleidungsstücke herausholte, wurde ihm bewusst, dass es für sie schwer sein könnte, das Shirt anzuziehen. Er drehte sich um. „Wirst du Schwierigkeiten haben, das anzuziehen?"

„Nein, es ist dehnbar. Solange ich den umwickelten Arm durch den Ärmel stecke, bevor ich mit dem anderen reinschlüpfe, geht das schon."

„Klingt, als hättest du einen Plan. Ich lass' dich kurz allein."

„Du kannst ruhig nach Hause gehen. Es hat keinen Sinn, dass ich dir noch mehr von deinem Abend stehle."

„Ich warte, bis du dich umgezogen hast." Er ging hinaus und zog die Tür hinter sich zu, bevor sie etwas sagen konnte. Auf keinen Fall würde er gehen, bis sie sicher im Bett lag und ihre Augen geschlossen waren. Und selbst dann würde er es ihm schwerfallen, sich loszureißen.

# KAPITEL DREI

Am Sonntagmorgen schien funkelndes Sonnenlicht durch das Wohnzimmerfenster, als Tess den Flur hinunter in die Küche ging. Ihr Handgelenk pochte immer noch, aber nicht mehr so wie zuvor. Sie hatte jetzt keine stärkeren Schmerzmittel mehr im Haus und hoffte, dass das rezeptfreie Ibuprofen, das sie hatte, ausreichen würde, denn sie wollte nicht noch einmal so sein wie gestern Abend. Zuerst brauchte sie Kaffee, also ging sie zur Kaffeemaschine und sah daneben eine Notiz.

*Guten Morgen, Tess. Hoffe, es geht dir besser. Du musst sie nur einschalten, habe schon alles aufgefüllt. Ich melde mich bald, Austin.*

Überrascht lächelte sie, als sie den schwarzen

Knopf drückte und sofort hörte, wie der Kaffee zu brauen begann. Er war die Nacht zuvor wunderbar gewesen, hatte sich um sie gekümmert und nicht gehen wollen, bevor sie eingeschlafen war. Offensichtlich war sie eingeschlafen und er war irgendwann gegangen, aber er war so aufmerksam gewesen, Kaffee für sie aufzusetzen. Ein Zeichen dafür, dass er sie vielleicht mochte?

Sie verdrängte diesen Gedanken. Daran brauchte sie nicht zu denken. Er kümmerte sich um sie, weil er ihr Arzt war, und so musste sie es sehen.

Sie musste ihr Handgelenk heilen lassen, zur Arbeit zurück und ihr neues Leben wieder angehen. Ihre Eltern zu verlieren war schrecklich gewesen. Hinzu kam die Tatsache, dass sie aus Dummheit so ziemlich alles verloren hatte und deswegen gezwungen gewesen war, von Houston zu ihren Eltern zu ziehen, um dort zu leben. Und dann waren sie bei diesem Unfall ums Leben gekommen. Sie holte tief Luft und erinnerte sich daran, dass es ein Segen gewesen war, nach Hause zu ziehen, für ihren Vater da zu sein, bevor er gestorben war. Also hatte eine persönliche Fehlentscheidung sie dorthin gebracht, wo sie sein musste, in die Nähe ihres sterbenden Vaters, nachdem sie ihre Mutter schon verloren hatte.

Ihr Herz schmerzte so sehr, dass sie nie wieder jemanden lieben oder jemandem vertrauen wollte.

Verraten worden zu sein schmerzte schon schlimm genug, aber dann noch geliebte Menschen zu verlieren schmerzte noch viel mehr.

Sie nahm zwei Ibuprofen aus der Dose, die auf der Theke stand, und spülte sie mit einem bisschen Wasser herunter, das sie aus dem Wasserhahn in die Kaffeetasse gelassen hatte. Sie goss den Rest aus, dann füllte sie die Tasse mit Kaffee, trug sie zum Tisch und setzte sich auf einen der Stühle am Fenster. Sie trank einen Schluck der heißen Flüssigkeit und genoss den Duft und den Geschmack. Sie trank einen weiteren Schluck, schloss die Augen und wartete darauf, dass das Schmerzmittel wirkte. Das Geräusch eines Fahrzeugs draußen ließ sie ihre Augen wieder öffnen und Austin in seinem Truck zu sehen, der vor dem Fenster anhielt. Er lächelte sie an.

Tess' Herz begann zu pochen. Sie stand auf und bewegte sich, um ihm die Tür zu öffnen, als er aus dem Truck stieg. „Guten Morgen", sagte sie und fühlte sich viel besser.

„Guten Morgen. Fühlst du dich besser? Du siehst viel besser aus als gestern Abend."

„Ja, definitiv. Mein Arm tut immer noch weh, aber nicht so schlimm wie gestern – dank dir."

„Es freut mich, dass ich helfen konnte. Kann ich reinkommen und mir das Gelenk ansehen? Und wenn du vielleicht auch eine Tasse Kaffee für mich hättest?"

„Natürlich. Bitte komm' rein. Ich bin gerade aufgewacht und habe selbst erst zwei Schlucke getrunken."

„Dann setz dich wieder hin und trink noch ein bisschen. Ich hole mir selbst eine Tasse und dann setze ich mich zu dir."

Sie schloss die Tür hinter ihm und tat, was er vorgeschlagen hatte. Augenblicke später saß er auf dem anderen Stuhl und trank seinen eigenen ersten Schluck Kaffee.

„Danke für alles, was du gestern Abend getan hast." Tess stellte ihre Tasse ab und fühlte sich von Dankbarkeit ihm gegenüber überwältigt.

„Okay, hör auf. Du musst mir nicht mehr danken. Ich bin froh, dass ich helfen konnte und dass du nicht schwerer verletzt bist. Hast du heute Morgen schon irgendwelche Schmerzmittel genommen? Ich habe Ibuprofen für dich auf dem Tresen liegen lassen, für den Fall, dass du keines hast."

„Ja, ich habe zwei davon genommen und es fängt an, den Schmerz zu lindern. Ich denke, das wird reichen."

„Gut, aber lass mich wissen, wenn es nicht reicht." Er streckte seine Hand aus. „Und jetzt lass mich sehen."

Sie legte ihre Hand in seine, und er strich mit der anderen Hand vorsichtig über den Verband und berührte verschiedene Stellen. Sie zuckte zusammen, aber es war nicht zu unangenehm.

„Ich denke, es ist okay. Wenn du denkst, mit einer Hand fahren zu können, bringe ich dich zu deinem Auto. Wenn nicht, dann lasse ich es von einem meiner Brüder rüberbringen."

„Ich will sagen, dass ich fahren kann, aber im Moment bin ich mir nicht sicher."

Austin beobachtete sie mit durchdringenden Augen und nickte. „Dann rufe ich Cole an und cowir holen dein Auto ab, wenn er mit Tulip – das ist seine Frau – aus der Kirche kommt. Sie leben auf der Ranch in der Nähe von True Love, also wird es wahrscheinlich früher

Nachmittag werden, bevor er hierher kommt."

„Es ist mir so unangenehm, euch solche Umstände zu bereiten. Ich kann vielleicht fahren. Lass mich mich anziehen, mich ein bisschen bewegen, dann kann ich es versuchen. Es ist nicht so weit und ich werde mich besser fühlen, wenn ich es zumindest versuche." Und es war die Wahrheit. Sie wollte nicht von irgendjemandem abhängig sein.

„Nur, wenn du willst. Ich trinke meinen Kaffee, während du dich anziehst. Dann sehen wir weiter."

„Bin gleich wieder da." Sie stand auf und fühlte sich selbstbewusster, weil sie nicht so wackelig war wie gestern Abend. Ihre Hand war vielleicht eingebunden, doch sie konnte ihre Finger bewegen, also konnte sie es vielleicht schaffen. Sie ging den Flur hinunter. Wenn er bereit war, ihr so zu helfen, wie er es tat, dann würde sie alles geben, was sie konnte.

* * *

Dreißig Minuten später fuhr Austin mit Tess auf dem Beifahrersitz die Straße hinunter. Heute war sie viel besser drauf als gestern Abend. Er hätte ihr sagen sollen, dass sie es nicht versuchen sollte, doch er hatte das Gefühl, dass sie eingeschnappt reagiert hätte. Das Restaurant öffnete erst später, also würde es einfach sein, sie auf dem Parkplatz herumfahren zu lassen, damit sie ausprobieren konnte, wie sie sich fühlte, wenn sie fuhr. So oder so brachte es sie dazu, ein bisschen aus dem Haus zu gehen.

Und wenn er ehrlich war, verschaffte es ihnen mehr Zeit zusammen. „Wie sind deine Schmerzen? Reicht das Ibuprofen?"

Sie zuckte zusammen. „Es hilft schon, aber der Schmerz ist ziemlich deutlich. Aber ich will nichts Stärkeres nehmen, weil ich denken und funktionieren muss."

„Ich verstehe. Hast du schon darüber nachgedacht, ob du in der kommenden Woche in der Praxis arbeiten willst?" Gestern Abend hatte sie nein gesagt, doch jetzt, wo sie nicht von Schmerzmitteln müde und kurz vor dem Einschlafen war, hatte er das Gefühl, nochmal fragen zu müssen.

„Ich weiß nicht. Ich weiß das Angebot wirklich zu schätzen, aber ich will dir nicht zur Last fallen."

Er bog auf den Parkplatz des Restaurants ein, auf dem ein kleines Auto stand. Er fuhr auf das ältere Auto zu und hielt dann an, bevor er sprach. „Ehrlich gesagt brauche ich Hilfe. Ich wollte schon eine Anzeige schalten." Sie starrten einander an und er konnte nicht ignorieren, wie die Anziehung, die von ihr auszugehen schien, wuchs. „Ich meine es ernst, Tess. Du würdest mir wirklich helfen."

Ihre Augen wurden weicher. „Wenn dem wirklich so ist, dann bin ich dankbar für die Möglichkeit und mache es gern. Ich denke, das Restaurant hat im Moment sowieso keinen Nutzen für mich, egal, wie sehr ich den Job brauche."

Sein Herz hüpfte bei ihren Worten. „Dann bedanke ich mich. Und meine Empfangsdame dankt dir. Dann lass uns jetzt aussteigen und eine Runde auf dem Parkplatz drehen und sehen, ob du mit dem Fahren klarkommst."

„Ja, lass es uns versuchen." Sie entriegelte mit der linken Hand den Sicherheitsgurt, griff dann über ihren Körper, um die Tür zu öffnen, und stieß sie mit dem Fuß auf.

„Warte", sagte er, doch sie stand bereits neben dem Truck, viel schneller als gestern Abend, doch das war gut so. Er sprang seitlich heraus, knallte die Tür zu und traf sie neben dem Auto. Er holte die Autoschlüssel heraus und drückte den Entriegelungsknopf. „Lass mich die Tür für dich aufmachen." Er lächelte und öffnete die Tür. Sie ließ sich sofort in den Sitz gleiten, doch ihm entging die kurze Grimasse nicht, die über ihr Gesicht huschte und wusste, dass ihrem Arm die Bewegung gar nicht gefallen hatte.

„Schlüssel, bitte." Lächelnd streckte sie ihre unverletzte Hand aus.

Unsicher hielt er den Schlüssel fest, schloss sanft die Tür, ging dann um das Auto herum und ließ sich auf dem Beifahrersitz nieder, während sie ihn anstarrte. Dann reichte er ihr den Schlüssel. „Jetzt kannst du sie haben. Ich war mir nicht sicher, ob du losfahren und mich stehen lassen würdest, und ich will sicher sein, dass du wirklich fahren kannst."

„Oh, okay. Du hast mir so geholfen und warst so nett zu mir, also hätte ich dir das nicht angetan."

Er lächelte und freute sich; er glaubte ihr. Das lag

am Ausdruck in ihren hübschen blauen Augen. „Tut mir leid, ich bin nur vorsichtig."

Er beobachtete, wie sie unbeholfen um das Lenkrad herum griff, um mit der linken Hand das Auto anzulassen, und ihn dann anlächelte. „Ich werde vorsichtig sein. Das verspreche ich. Und ja, Anlassen war ein bisschen schwierig, denn obwohl ich Linkshänderin bin, lasse ich das Auto normalerweise mit der rechten Hand an."

„War doch gut so." Er lächelte sie an und sie sah erfreut aus.

Sie schnallten sich beide an und dann trat sie auf die Bremse, während sie mit der linken Hand zum Schalthebel griff, der zwischen den Sitzen war. Sie schob ihn in Fahrposition, dann ergriff sie das Lenkrad mit ihrer linken Hand und legte vorsichtig die Fingerspitzen ihrer bandagierten rechten Hand darauf.

Er fand, dass sie bisher großartig zurechtkam.

„Los geht's", sagte sie leise, während sie ihren Fuß von der Bremse nahm und langsam auf das Gaspedal trat, dann fuhr sie langsam auf dem leeren Parkplatz vorwärts.

„Du machst das gut", sagte er und hoffte, dass es nicht zu belastend für ihr Handgelenk war.

Sie wendete das Auto, bevor sie das Ende des Parkplatzes erreichte, und sagte nichts, also fragte er: „Fühlt es sich okay an?"

Sie strahlte. „Ja, absolut. Ich bin sicher, dass ich es zurück zum Haus schaffen kann. Willst du vorausfahren oder mir folgen?" Sie hielt neben seinem Truck an.

„Ich fahre voraus und werde dich hinter mir im Auge behalten." So konnte er die Geschwindigkeit bestimmen, denn er wollte nicht, dass sie übermütig wurde und zu viel aufs Gas trat.

„Also gut. Ich schätze, ich werde dich heute nicht zu einem Rennen herausfordern." Sie zwinkerte ihm zu, als hätte sie seine Gedanken gelesen.

„Gott sei Dank." Er lachte und fühlte sich jetzt mehr zu ihr hingezogen als zuvor … und das war schon viel gewesen.

Sechs Minuten später waren sie wieder bei ihr zu Hause. Er war nicht bereit, sie zu verlassen. Sie war gut gefahren und würde morgen zur Arbeit in die Praxis kommen, also würde er dann ihren Arm nochmal untersuchen können. Es gab also keinen Grund, nicht zu gehen. Nur, dass er einfach nicht bereit war.

Er stieg aus dem Truck und ging zum Auto, als sie neben ihm anhielt. Er öffnete die Tür und konnte sofort sehen, dass sie Schmerzen hatte. Er griff nach ihrem unverletzten Arm und half ihr aufzustehen. „Es sieht so aus, als wäre es Zeit für eine Pause. Versprich mir, dass du heute nicht nochmal fahren wirst. Und wenn ich dich morgen um acht Uhr auf dem Weg zur Praxis abholen soll, mache ich das gerne. Wenn das nicht zu früh für dich ist. Meine ersten Patiententermine habe ich erst um neun."

Sie schenkte ihm ein schwaches Lächeln. „Ich komme schon klar. Es tut nur ein bisschen weh von der Lenkbewegung. Ich habe die Finger bisher weder zu einer Faust geschlossen noch gestreckt. Aber es wird besser."

„Ich komme mit rein und mache dir einen Eisbeutel. Das wird auf jeden Fall helfen. Schau, dass du frische Eiswürfel hast, und leg' alle paar Stunden einen neuen Eisbeutel drauf."

„Das werde ich. Ich kann das Eis in ein Handtuch

wickeln." Dann hielt sie inne und ihr Gesichtsausdruck wurde ernst. „Mir ist gerade bewusst geworden, dass ich das Eis unmöglich mit nur einer Hand aus dem Eiswürfelbehälter bekommen werde."

„Dann lass mich das machen. Ich werde alle vier Behälter in eine Schüssel leeren, damit du sie mit einer Hand rausholen kannst. Du solltest sowieso nicht zu viele auf einmal nehmen. Morgen bei der Arbeit habe ich Coolpacks, die du verwenden kannst, und du kannst welche mit nach Hause nehmen, die du ins Gefrierfach werfen und für den Rest der Zeit verwenden kannst."

„Danke nochmal." Sie lächelte, schob dann den Schlüssel ins Schloss und öffnete die Tür.

„Freut mich, wenn ich helfen kann. Und ich meine es ernst, Tess."

Sie ließ sich auf dem Sofa nieder, während er den ersten in ein Tuch gewickelten Eisbeutel brachte. Dann ging er zurück, leerte die anderen Behälter aus und stellte die Schüssel ins Gefrierfach. Irgendetwas sagte ihm, dass er sie nicht bemuttern sollte, weil er bemerkte, dass es ihr unangenehm war.

Er ging zu ihr zurück. „Okay, hilft es schon?"

„Ja. Wird schon besser. Wir sehen uns morgen früh."

Er hasste es, sie zu verlassen, obwohl er wusste, dass es an der Zeit war. „Ruf' mich an, wenn du was brauchst – warte", keuchte er, als ihm etwas einfiel. „Essen. Hast du Essen da, das du mit deinem verletzten Arm zubereiten kannst?"

„Ich habe immer noch einen unverletzten Arm. Ich kann alles kochen, was ich essen will. Ich komme schon klar, wirklich."

„Da bin ich froh. Bis morgen dann." Damit zwang Austin sich, die Tür zu öffnen, winkte, zog sie dann hinter sich zu und zwang sich, in seinen Truck zu steigen.

Und wegzufahren.

Er würde sie morgen sehen. Hoffentlich würde ihre Verletzung schnell heilen und der Schmerz und die Sorge, die er in ihrem Gesicht sah, würden verschwinden, da sie in der Lage sein würde, zu ihrer normalen Arbeit zurückzukehren, wenn sie es wollte. Er fragte sich, was Tess' Geschichte war.

Weil ihm etwas tief in ihm sagte, dass es eine Geschichte gab.

# KAPITEL VIER

Am nächsten Morgen parkte ihr Auto in einer Parklücke am Ende des Praxisparkplatzes. Sie arbeitete hier und hatte nicht vor, einen Platz näher am Eingang zu belegen, den ein Patient brauchen könnte. Austins Truck war neben der Hintertür geparkt, auf einem Platz, der mit einem Schild ihn ausgewiesen war. Sie verstand warum; er war der Arzt und musste vielleicht schnell rein, um jemandem zu helfen, oder schnell raus, um jemanden ins Krankenhaus zu bringen. Sie war nicht er und hielt nichts für selbstverständlich. Sogar dieses Prickeln, das sie durchfuhr, wenn sie nur an ihn dachte.

Er hatte ihr geholfen und das war ihre Erklärung dafür, wie sie auf Gedanken an ihn reagierte. Sonst nichts. Absolut Nichts.

Er hatte ihr gesagt, sie solle durch den Hintereingang in die Praxis kommen, also ging sie an seinem Truck vorbei und zog mit ihrer unverletzten Hand die schwere Metalltür auf, genau wie er es getan hatte, als er sie neulich Abend nach Hause gebracht hatte. Leise Musik spielte, und am Ende des Flurs stand eine dunkelhaarige Frau, die sie auf etwa fünfzig schätzte.

Sie lächelte, als sie Tess sah und eilte den Flur entlang auf sie zu. „Tess. Ich bin Ramona Bell. Ich leite die Praxis und freue mich so, Hilfe zu bekommen."

Tess fühlte sich willkommen und lächelte. „Ich helfe gerne. Hat Austin Ihnen gesagt, dass ich im Moment einhändig bin?"

„Ja, das habe ich", sagte Austin, als er aus einem Behandlungsraum am Ende des Flurs kam. „Tut mir leid, dass ich nicht da war, um euch zwei einander vorzustellen. Ich war am Telefon. Ich denke, ihr werdet euch gut verstehen. Tess, Ramona wird dir alles zeigen."

Die Hintertür öffnete sich und sie blickten alle in diese Richtung, als eine hübsche blonde Frau in Tess'

Alter eintrat. „Morgen allerseits." Sie lächelte. „Tut mir leid, dass ich zu spät bin. Bin in der Nähe des Kindergartens in den Verkehr geraten, nachdem ich Lila abgesetzt habe. Hi, du musst unsere neuere Hilfskraft sein."

Austin grinste. „Kimberly, das ist Tess Piper. Tess, Kimberly ist meine Krankenschwester, und ich habe ihr auch schon gesagt, dass du kommst."

„Hallo." Tess streckte ihre Hand aus, bevor sie an ihr verletztes Handgelenk dachte. „Tut mir leid für den unbeholfenen Händedruck", sagte sie, als ihr klar wurde, was sie getan hatte.

Kimberly berührte sanft ihre Finger, ohne sie zu schütteln. Als Krankenschwester wusste sie offensichtlich, dass das kontraproduktiv wäre. „Austin hat mir eine SMS geschickt, dass er dich eingestellt hat und dass du dir das Handgelenk verstaucht hast. Tut mir wirklich leid, dass dir das passiert ist, aber auch einhändig wirst du Ramona immer noch eine große Hilfe sein."

„Ja, das wird sie", sagte Ramona. „Ihr müsst euch auf die Patienten vorbereiten, also wenn du mir folgen willst, werde ich dir alles zeigen. Das wird perfekt."

Tess lächelte Austin und Kimberly an. „Die Arbeit ruft", sagte sie und folgte Ramona dann nach vorn in den Verwaltungsbereich.

„Ich werde gleich nochmal dein Handgelenk ansehen", sagte Austin.

Sie blickte über ihre Schulter. „Im Moment ist es okay. Ich habe meine Ibuprofen genommen und es geht heute schon besser."

Er nickte. „Schön, das zu hören."

Tess beobachtete, wie er und Kimberly den Flur hinuntergingen, dann ging sie selbst weiter zum Empfang.

Ramona lächelte sie an und winkte sie zu einem Schreibtisch neben einer Aktenwand. „Hier wirst du die meiste Zeit arbeiten. Wir haben all diese Patientenakten, die im Computer erfasst werden müssen. Ich habe fünfzehn Jahre lang für den letzten Arzt hier gearbeitet und er hat alles handschriftlich festgehalten und nichts im Computer erfasst. Er war älter. Aber die Zeiten haben sich geändert, und was getan werden muss, muss getan werden, da Dr. Tanner die Patienten übernimmt und er weiß, dass er die Praxis an die neue Zeit anpassen muss. Diese kleine Praxis wird nach seinen Ideen wachsen. Er hat vor, im Laufe der Zeit weitere Ärzte hinzuzuziehen. Deshalb brauchte ich dringend Hilfe, und er hat dich hierher geholt, um mir zu helfen."

„Und es hört sich wirklich so an, als bräuchtest du Hilfe. Ich hoffe, ich bin allem gewachsen." Tess warf einen Blick auf die Aktenschränke, holte tief Luft und wandte sich Ramona zu. „Ich kann das, langsamer wahrscheinlich, als wenn ich zwei Hände zur Verfügung hätte, aber ich verspreche, dass ich das für dich erledigen werde. Sag mir einfach, wie und was ich tun muss. Austin – ich meine, Dr. Tanner – hat meiner verletzten Hand geholfen, also kann ich jetzt tun, was du oder er braucht."

Ramona zwinkerte ihr zu. „Ich bin mir sicher, dass du das kannst." In den nächsten paar Minuten erklärte sie, was sie zu tun hatte, und dann klingelte das Telefon und gleichzeitig schwang die Tür auf, und eine Frau kam mit einem Kind herein. „Die Sprechstunde hat angefangen, also überlasse ich dich deiner Arbeit. Ich bin gleich da drüben, falls du Fragen hast." Sie lächelte, ging dann hinüber und ging ans Telefon, während sie in ihren Schreibtischstuhl sank. Sie hatte einen dreiseitigen Schreibtisch mit einem Computer und Akten auf der einen Seite, einer Seite mit einem Glasschiebefenster zum Wartezimmer und einer Seite, die auf den Bereich blickte, in dem sie zuvor gestanden hatten, wo sich die Patienten anmeldeten oder ihre Selbstbeteiligung zahlten, bevor sie gingen. Und sie sah absolut fähig aus, ihre Arbeit zu meistern.

Tess holte erneut tief Luft, fest entschlossen, auch ihren Bereich zu meistern und Ramona zu helfen. Sie setzte sich auf ihren Schreibtischstuhl und machte sich an ihrem der Wand zugewandten Schreibtisch an die Arbeit. Ihr Handgelenk tat ein bisschen weh, doch die Arbeit war kein Problem. Als sie sich jedoch ansah, wie viele Unterlagen erfasst werden mussten, hatte sie keine Ahnung, wie lange es dauern würde.

* * *

Es dauerte bis kurz vor der Mittagszeit, bis Austin ein paar Augenblicke Zeit hatte, um nach Tess zu sehen, und sich zu vergewissern, dass sie die Arbeit gut erledigte. Er ging zum Empfang und sah sie mit dem Rücken zu ihm sitzen, wo sie eine alte Akte auf das Kopiergerät legte und scannte, um sie in der elektronischen Krankenakte zu erfassen. „Tess, hast du einen Moment Zeit, damit ich mir dein Handgelenk ansehen kann?"

Sie sah ihn über die Schulter an. „Sicher. Mir geht's aber gut."

„Ich will nur sehen, ob die Schwellung zurückgeht."

Sie stand auf und folgte ihm durch den Flur, wo er ihr die Tür zum Behandlungszimmer aufhielt.

„Setz' dich einfach auf den Stuhl anstatt auf den Untersuchungstisch."

„Sicher." Sie setzte sich, als er seinen Rollhocker herüberzog und sich vor ihr darauf niederließ.

„Die Hand, bitte." Er nahm ihre Hand und bemerkte, dass die Schwellung ihrer Finger nachgelassen hatte. „Fühlt es sich besser an oder macht die Arbeit es schlimmer?" Er begegnete ihrem Blick und spürte sofort die Wärme ihrer blauen Augen.

„Es ist besser. Wenn es jeden Tag so weitergeht, dann bin ich sicher, dass schnell alles wieder normal sein wird. Gott sei Dank."

„Das wird schon. Ich freue mich für dich, obwohl ich jetzt schon sagen kann, dass Ramona dich vermissen wird."

„Sie ist wirklich großartig."

„Da hast du recht. Und du bist großartig, du bist uns eine große Hilfe. Falls du es dir überlegst und nicht in deinen alten Job zurückwillst, gehört dieser dir … und mit Zusatzleistungen und vertraglich vereinbarten Gehaltserhöhungen." Ihm wurde klar, dass er ihr das noch nicht vorgeschlagen hatte. Und er hoffte plötzlich, dass es ein Ansporn für sie war, zu bleiben.

Ramona war vorhin zu ihm gekommen, um ihm eine Akte für einen Patienten zu bringen, und sie hatte ihm gesagt, er müsse Tess behalten. Das war die einzige Empfehlung gewesen, die er brauchte, um Tess den Job anzubieten.

„Danke für das Angebot. Ich mag Ramona auch, und obwohl ich Kimberly erst kurz getroffen habe, scheint sie auch sympathisch zu sein."

„Das ist sie, und ich hoffe, du denkst dasselbe über mich." Austin lächelte, als ihm klar wurde, dass er ihren Arm immer noch hielt.

Tess hübsche Augen funkelten. „Das tue ich. Und es ist auch offensichtlich, dass die Patienten dich mögen. Ich habe gehört, dass einige Ramona beim Auschecken gesagt haben, dass sie froh sind, dass du die Praxis übernommen hast."

„Ich mag sie auch alle. Ich bin froh, dass ich mich entschieden habe, die Notaufnahme zu verlassen. Ich mag den Gedanken, Menschen zu helfen, wenn möglich einen Besuch im Krankenhaus zu vermeiden. Okay, also behalte das Angebot im Hinterkopf, und morgen werde ich den Verband wechseln." Er wollte ihre Hand nicht loslassen, doch er wusste, dass er es tun musste, also legte er sie sanft auf ihrem Oberschenkel ab. Er hatte ihr die Festanstellung angeboten und hoffte, sie würde bleiben.

„Kann ich mich wieder an die Arbeit machen?"

„Ja, oder es ist vielleicht Zeit für dich, Mittagspause zu machen. Frag einfach Ramona."

Austin sah ihr nach und konnte die Anziehung, die

von ihr ausging, einfach nicht ignorieren. Er war sich nicht sicher, ob sie mehr für ihn empfand als Dankbarkeit dafür, dass er sich um ihre Verletzung gekümmert und ihr einen Job gegeben hatte.

Er hatte einen arbeitsreichen Nachmittag und kam nicht mehr dazu, mit ihr zu reden, als er von einem Zimmer zum nächsten ging und Patienten behandelte. Die Praxis schloss um vier Uhr, doch meistens hinkte er ein bisschen hinterher und musste noch einiges an Papierkram erledigen. Heute war es fast sechs, als er mit seinen Berichten fertig war, und er telefonierte, als Ramona ihren Kopf durch die Tür gesteckt winkte, was bedeutete, dass sie ging. Er hob eine Hand zum Abschied, während der Kollege, mit dem er telefonierte, weiter sprach. Er hatte gehofft zu sehen, wie Tess sich den Tag über gehalten hatte, doch das war ein wichtiger Anruf. Hoffentlich hatte sie alles richtig gemacht.

* * *

Tess schob ihre gesunde Hand, die linke, durch den Spalt des Lenkrads und versuchte, den Motor anzulassen. Aber wieder klickte der Anlasser nur. Sie zuckte zusammen, zog dann ihre Hand zurück und rieb sich die Stirn. Ihre Batterie war leer. Kimberly war vor ihr gegangen, um ihr Kind abzuholen, und Ramona war gerade weggefahren, als Tess in ihr Auto gestiegen war. Und jetzt streikte ihre Batterie! Der Einzige, der noch in der Praxis war, war Austin. Als sie vor wenigen Augenblicken gegangen waren, hatte er mit einem Kollegen telefoniert, und sie wollte nicht wieder reingehen und ihn stören. Sie wusste auch nicht, wen sie anrufen sollte, da sie einfach nicht das Geld hatte, um jemanden zu bezahlen … also steckte sie wieder in Schwierigkeiten.

Sie hasste das. Sie ließ ihre Stirn auf den Rücken ihrer gesunden Hand sinken, die sie auf das Lenkrad gelegt hatte. Was, wenn es nicht die Batterie war, sondern mehr – was bei diesem alternden Auto durchaus eine Möglichkeit war? Bevor er starb, hatte ihr süßer Daddy darauf bestanden, dass sie seinen Truck behielt. Er hatte sich Sorgen um sie gemacht, und das war so typisch für ihn gewesen. Aber er hatte keine Ahnung gehabt, dass der Autounfall sie alles gekostet hatte: das

Leben ihrer Mutter, ihr kleines Haus, das sie verkaufen musste, um die Arztrechnungen ihres Vaters zu bezahlen, während er ums Überleben kämpfte, und dann seinen Truck, den sie verkaufen musste, um seine Beerdigung zu bezahlen. Ihr Herz pochte, als all der Schmerz des letzten Jahres mit einem Schlag zurückkehrte.

Ein Klopfen an ihrem Fenster ließ sie ihren Kopf hochreißen und Austin in die Augen starren.

„Tess, stimmt was nicht?", fragte er laut genug, dass sie es durch die Scheibe hören konnte. Dann öffnete er die Tür und ging neben ihr in die Hocke.

Er war so ein wunderbarer Mann. „Mein Auto springt nicht an und ich mache mir Sorgen, dass es mehr als nur eine leere Batterie sein könnte."

Erleichterung ersetzte seinen besorgten Gesichtsausdruck. „Ich bin froh, dass es nicht dein Handgelenk ist. Mach die Motorhaube auf und lass mich nachsehen. Ich habe ein Überbrückungskabel in meinem Truck, wir können sehen, ob der Motor anspringt."

Erleichterung durchströmte sie. „Danke. Ich war

mir nicht sicher, was ich tun soll, und ich wollte nicht reingehen und dich wieder belästigen."

Er lächelte sie sanft an. „Du belästigst mich nicht." Er griff neben ihr Bein und drückte den kleinen Hebel, der die Motorhaube öffnete. Er stand auf und ging zur Vorderseite des Wagens und hob die Motorhaube hoch.

Sie stieg aus und stellte sich neben ihn, während er sich den Motor kurz ansah.

„Lass mich meinen Truck neben dich fahren, dann werden wir ja sehen, ob wir deine aufladen können."

Seine Worte waren völlig unschuldig, doch ihr Herz setzte einen Schlag lang aus, als sie beobachtete, wie er über den Parkplatz zu seinem Truck ging. Alles in *ihr* war jetzt aufgeladen. Nur ihr Auto  nicht. Sie konnte nicht zulassen, dass diese Gefühle, die er in ihr auslöste, die Oberhand gewannen. Sie trat vom Auto weg, als er seinen Truck heranfuhr, dann sprang er heraus und öffnete seine Motorhaube, bevor er die Tür zum Rücksitz auf der Fahrerseite aufriss und ein rot-blaues Überbrückungskabel herausholte.

„Mal sehen, was passiert. Wenn du dich wieder auf den Fahrersitz setzt, sag' ich dir, wenn du versuchen kannst, den Motor anzulassen.

„Danke, mach' ich." Sie eilte zurück und ließ sich nieder. Einen Moment später spähte er um die Motorhaube herum und zeigte ihr ein „Daumen hoch". Mit einem kurzen Gebet drehte sie den Schlüssel um. Der Motor erwachte zum Leben. Erleichtert atmete sie auf, und sie sprang aus dem Auto und stürmte zu ihm, als er mit einem breiten Lächeln auf sie zukam. Ohne nachzudenken, warf sie ihren unverletzten Arm um seinen Hals und hielt ihn in einer einarmigen Umarmung fest. „Danke, danke, danke. Das scheint alles zu sein, was ich zu dir sage." Sie vergrub ihr Gesicht an seiner Schulter und kämpfte gegen die Tränen der Dankbarkeit an, die sie zu überwältigen drohten.

Er hatte seine Arme um sie gelegt, und strich mit einer Hand sanft über ihr Haar, während die andere über ihren Rücken strich. „Ich helfe gerne. Du bist ein reizendes Mädchen, Tess."

Seine zärtliche Stimme und Worte verstärkten ihr Bedürfnis zu weinen. Nachdem sie ihre Eltern verloren hatte und niemanden mehr für sie da war, fühlte sie sich überwältigt, seine Herzenswärme zu spüren. Und die sanfte Berührung seiner Hände, die versuchten, sie zu trösten.

„Geht's dir gut?", fragte er, als sie nichts sagte.

Sie biss sich auf die Lippe und hob ihr Gesicht von seiner Schulter. „Ja", brachte sie hervor. „Ich war einfach überwältigt von allem, was du für mich tust." Ihr Blick fiel auf seine Lippen, bevor sie sie aufhalten konnte, und als sie sie sofort zurück zu seinen Augen zwang, sah sie, dass auch er sich angezogen fühlte. Würde er sie küssen? Sie sagte sich, sie solle sich zurückziehen, doch sie konnte sich nicht bewegen.

Sein Kopf neigte sich ihr zu; ihr Puls schoss in die Höhe. Und dann hielt er inne und trat zurück, und ihr Puls stürzte ab.

„Ich habe gerne geholfen. Du scheinst niemanden zu haben, und das macht mir Sorgen. Sag mir, wenn ich mich irre."

Tess holte tief Luft. „Ich habe niemanden hier in der Nähe. Ich habe als Sekretärin bei einer großen Vertriebsfirma in Houston gearbeitet, musste dann aber nach Hause ziehen. Meine Mutter und mein Vater hatten einen schweren Autounfall … sie war sofort tot. Mein armer Vater war schwer verletzt. Er hatte sich beide Beine gebrochen, eines davon zerquetscht, und auch innere Organe waren beschädigt und er musste mehrfach operiert werden. Und dann um sein Leben kämpfen. Er hat nicht nur darum gekämpft, die Operationen zu überleben, sondern auch Infektionen. Er ist vier Wochen nach dem Unfall gestorben. Er hat mich dringend gebraucht, während er um sein Leben gekämpft hat, und ich war so froh, dass ich bei ihm sein konnte. Er war in Trauer um meine Mutter versunken und hat sich die Schuld an ihrem Tod gegeben. Um ehrlich zu sein, es war seine Schuld, und das ließ sich nicht leugnen. Aber sie hätte ihm vergeben, dass er von der Straße abgekommen war."

Der Gedanke an ihre tote Mutter und das gebrochene Herz ihres Vaters ließ sie den Blick abwenden und zu den Geschäften weiter entlang der Straße blicken. Warum hatte sie sich ihm gegenüber so geöffnet?

„Du hattest ein furchtbar trauriges Jahr. Es tut mir so leid", sagte er sanft.

Seine Worte berührten sie mit der Tiefe seines Mitgefühls.

Sie begegnete seinem besorgten Blick. „Danke für dein Verständnis. Ich muss mein Leben weiterleben, aber es ist schwer. Auf Hochzeiten zu arbeiten hätte mich nicht aufmuntern sollen. Ich habe den Job einfach angenommen, weil er frei war, und habe bald gemerkt, dass es meine Stimmung hebt, herumzulaufen und fröhlichen Menschen auf Partys zu bedienen. Hat mir geholfen zu wissen, dass jeden Tag neue Lebensgeschichten beginnen. Vielleicht meine bald auch. Nicht, dass ich heiraten will, sondern dass ich die Traurigkeit meiner Vergangenheit loslassen und mich vorwärtsbewegen kann."

Seine Augen wurden warm und er verzog die Lippen zu einem Lächeln. „Das schaffst du. Ich weiß, dass du es schaffen wirst. Und Tess, danke, dass du mit mir darüber sprichst. Ich hatte die Vermutung, dass da etwas war, das dich belastet. Und es hat mir Sorgen gemacht."

„Du hattest recht. Du scheinst immer recht zu haben."

„Ich bin nicht immer so treffgenau, aber irgendetwas an dir berührt mich. Aber dein Auto braucht eine neue Batterie. Sonst springt er morgen vielleicht wieder nicht an. Wie wäre es, wenn wir in die Autowerkstatt fahren, dir eine besorgen und ich sie einbaue?"

„Um ehrlich zu sein, kann ich mir das nicht leisten, bis ich in ein paar Tagen einen Gehaltsscheck bekomme. Das meiste Geld, das ich hatte, ist schon ausgegeben für Miete und die Stromrechnung. Ich habe nicht viel übrig und für eine Batterie wird das nicht reichen." Ehrlichkeit war alles, was sie im Moment hatte.

„Dann kaufe ich sie und baue sie ein. Und wenn du sie nicht als Geschenk annehmen willst, dann ziehe ich es am Ende der Woche von deinem Gehaltsscheck ab. Wie hört sich das an?"

Sie wünschte, sie wäre nicht in dieser Situation, aber sie war es, und auf keinen Fall wollte sie morgen nicht zur Arbeit kommen können, weil ihr Auto nicht ansprang. „Danke für das Angebot, und ich akzeptiere es gern als Vorschuss auf meinen Scheck."

Er lächelte. „Großartig. Dann lass mich die Kabel wegpacken und fahr mir hinterher, damit wir das reparieren können."

„Für mich bist du ein Wundertäter."

Er lächelte. „So hat mich noch nie jemand genannt, aber es freut mich, dass ich dir helfen kann."

Sie sah zu, wie er hinter der Motorhaube verschwand, und atmete erleichtert auf. Wenn er sie jetzt geküsst hätte, wäre sie wahrscheinlich in Ohnmacht gefallen – oder noch schlimmer, in emotionale Tränen ausgebrochen. Sie musste sich zusammenreißen. Und es war, als hätte er gespürt, dass ein Kuss kein guter Schachzug gewesen wäre – und sie *war* sich sicher, dass er sie beinahe geküsst hätte und sich dankenswerterweise zurückgezogen hatte. Es war am besten so gewesen. Und dann hatte er genau die richtige Frage gestellt, und sie hatte ihm von ihrer Vergangenheit und der Traurigkeit erzählt, die wie eine dunkle Wolke über ihr hing.

Schon da war er absolut perfekt gewesen. Er musste der netteste Mann sein, dem sie je begegnet war.

# KAPITEL FÜNF

Austin fuhr ihr quer durch die Stadt voraus zu einem Autozubehörgeschäft und spähte immer wieder in den Rückspiegel, um sich zu vergewissern, dass Tess immer noch hinter ihm war. Sie war am Boden zerstört gewesen, als er sie in ihrem Auto gefunden hatte, mit dem Kopf auf ihrer Hand am Lenkrad. Als er sie so gesehen hatte, war ihm sofort das Gefühl gekommen, dass sie etwas wirklich belastete.

Ihre Enthüllung über den Tod ihrer Eltern brach ihm das Herz, aber er hatte das Gefühl, dass da noch mehr war. Er hatte so ein Bauchgefühl gehabt, doch er hatte sie nicht unter Druck setzen wollen, weil der tragische Tod ihrer Eltern schlimm genug war. Die Anspannung, die auf ihr lastete, war offensichtlich, also hatte er das Gespräch wieder auf ihr Auto verlagert.

Doch er hatte vor, herauszufinden, wie schlimm ihre Situation wirklich war und wie er ihr helfen konnte.

Weil irgendetwas ihn dazu trieb, ihr helfen zu wollen.

Er fuhr auf den Parkplatz, und sie hielt hinter ihm an. Er stieg aus und traf sie an der Autotür, bevor sie ausgestiegen war. „Du kannst mit reinkommen oder warten. Ganz, wie du magst."

Sie zögerte. „Wenn du mich nicht brauchst, dann warte ich einfach hier."

„Ich bin so schnell wie möglich wieder da." Er betrat den Laden und ging zur gegenüberliegenden Wand mit den Batterien. Er wählte eine seiner bevorzugten Marken aus und brachte sie zur Theke. Augenblicke später verließ er den Laden damit, und nachdem sie die Motorhaube ihres Autos wieder geöffnet hatte, holte er Werkzeuge aus seinem Werkzeugkasten auf der Ladefläche seines Trucks und machte sich daran, die Batterie auszutauschen. Zwanzig Minuten später hatte sie eine nagelneue Batterie, und das Auto sprang sofort an.

„Ich bin dir so dankbar dafür. Mir gehen scheinbar

nie die Gründe aus, mich bei dir zu bedanken. Du bist wirklich unglaublich."

Ihre Worte enthielten süße Dankbarkeit, die sein Inneres wärmte. „Gern geschehen. Und vergiss nicht, du hilfst mir auch sehr, indem du all diese Krankenakten scannst und organisierst. Im Ernst, wir helfen uns gegenseitig." Er warf ihr einen ernsten Blick zu, weil es stimmte.

Tess lächelte sanft. „Wenn du wirklich willst, dass ich bleibe, lautet meine Antwort ja. Ich meine, wenn dein Angebot noch steht."

„Ja!", rief er begeistert und musste sich zügeln. „Das Angebot steht natürlich noch. Ich bin so erleichtert, dass du bleibst, denn jetzt muss ich nicht nach jemand anderem suchen. Außerdem ist offensichtlich, dass Ramona und Kimberly überzeugt sind, dass du perfekt für den Job bist."

Erleichterung ließ ihr hübsches Gesicht strahlen. „Da bin ich froh. Ich werde meinen anderen Chef wissen lassen, dass ich nicht zurückkomme."

„Klingt gut. Wie fühlt sich dein Handgelenk gerade an? Gut?"

„Ich freue mich darauf, wenn ich noch ein Ibuprofen nehmen kann, aber es geht schon besser. Außerdem kann ich bald mehr tun, sobald mein Handgelenk wiederhergestellt ist."

„Du machst das auch so schon großartig. Kann ich sonst noch irgendwas für dich tun? Wie wäre es mit Abendessen? Kann ich dich einladen?" Er wollte, dass sie zustimmte, hatte aber das Gefühl, dass sie nein sagen würde.

„Danke, aber du hast heute schon so viel für mich getan. Ich lasse dich auf deine Ranch zurückfahren, während ich einen Eisbeutel auf meinen Arm lege. Und bitte vergiss nicht, die Kosten für die Batterie von meinem Scheck abzuziehen."

„Gut, ich werde es tun, aber ich habe gerne geholfen. Ruh dich heute Abend gut aus und ruf mich an, wenn du irgendwas brauchst." Er kämpfte gegen den Wunsch an, sie zu umarmen, sie an sich zu drücken und ihr Herz gegen sein sehnsüchtiges Herz schlagen zu spüren.

Er sah zu, wie Tess in ihr Auto stieg. Er schloss die Tür, lächelte sie an, als sie langsam ausparkte, hob eine

Hand zum Abschied, und dann fuhr sie nach Hause.

Austins Herz hämmerte weiter gegen seine Rippen, als er zusah, wie sie die Straße hinunter verschwand. Dann lächelte er, als ihm klar wurde, dass sie sich entschieden hatte, weiter für ihn zu arbeiten, anstatt bis spät in die Nacht bei Hochzeiten zu bedienen. Er entspannte sich bei diesem Gedanken. Er hatte Zeit. Zeit, ihr über die Trauer hinwegzuhelfen, die sie offensichtlich noch empfand, und alles andere, was sie belasten könnte. Er mochte sie … fühlte eine starke Anziehung, die mehr sein konnte, wenn man bedachte, dass er sich noch nie so zu jemandem hingezogen gefühlt hatte. Und vielleicht würde sie irgendwann zustimmen, mit ihm auszugehen, und dieser aufkeimenden Anziehung, die er spürte, eine Chance geben, um herauszufinden, ob zwischen ihnen mehr sein könnte.

Er stieg in seinen Truck und wollte gerade nach Hause nach True Love fahren, als er eine SMS von seinem Bruder Cole bekam, in der er ihn bat, vorbeizuschauen, bevor er zu seiner Hütte fuhr. Er hatte etwas Wichtiges zu besprechen.

*Etwas Wichtiges*. Die Worte hatte seine Neugier geweckt, und er machte sich auf den Weg dorthin. Als er auf dem Rückweg zur Ranch die Straße hinunterfuhr, kam er an der Harrison Ranch vorbei. Sie war nicht so groß wie die Ranch ihrer Familie, aber es war ein wunderschönes Stück Land. Mr. Harrison war mit ihrem Großvater befreundet gewesen, doch vor ungefähr zwei Monaten war er in die Gegend um Dallas gezogen, um in der Nähe seines Sohnes zu sein. Seitdem lag die Ranch einfach brach. Das ältere Haus an der einen Seite des Grundstücks zog Austins Blick jedes Mal auf sich, wenn er daran vorbeifuhr. Es war nur zwölf Meilen von seiner Praxis entfernt, also nicht so weit wie die fast dreißig Meilen zu seiner Hütte auf der Ranch. Seit er die Praxis von Dr. Perry gekauft hatte, hatte er immer wieder mit dem Gedanken gespielt, sich mit Mr. Harrison in Verbindung zu setzen. Das Haus darauf war hinter Bäumen versteckt und definitiv ein großartiger Anfang. Doch er stellte sich ein neues Haus vor, ein Zuhause für eine Familie in der Mitte des vorderen Weidelandes oben auf dem Hügel. Daran dachte er jeden Tag, wenn er das Anwesen sah. Heute wusste er, dass er anrufen und herausfinden würde, ob Mr. Harrison an einem Verkauf interessiert war.

Zwanzig Minuten später hielt er vor dem Haupthaus an, in dem Cole und Tulip jetzt wohnten, seit seine Eltern nach Florida gezogen waren. Er stieg aus dem Truck und ging auf die seitliche Terrasse des Steinhauses zu, in dem er und seine Brüder aufgewachsen waren.

Cole öffnete die Tür und trat ungefähr in dem Moment auf die Terrasse hinaus, als er sie betrat. „Hey, Austin, schön dich zu sehen. Willst du Eistee oder frisch gebrühten Kaffee?"

Austin hielt seine Hand hoch. „Danke, aber ich brauche nichts. Also was gibt's?"

Sein Bruder sah ihn mit einer hochgezogenen Augenbraue an. „Komm mit ins Büro." Er drehte sich um und ging wieder hinein.

Seine Reaktion machte Austin noch neugieriger, als er Cole nach drinnen folgte und die Tür hinter sich schloss. Er folgte seinem älteren Bruder durch das Haus. „Wo ist Tulip?", fragte er, als sie das große Büro betraten.

„Sie ist drüben bei Hannas Tierklinik und hilft ihr, Blumen und Sträucher zu pflanzen. Sie liebt ihren Job."

Tulip gestaltete professionell Blumengärten, daher war ihrer neuen Schwägerin im Garten der Klinik zu helfen wahrscheinlich etwas, das ihr wirklich Spaß machte. Wenn Austin jemals ein Haus kaufen würde, würde er Tulip bitten, beim Anlegen des Gartens zu helfen. Er würde sie offiziell beauftragen, doch er hatte das Gefühl, dass sie sich nicht von ihm bezahlen lassen würde. Doch bevor er sich darüber Sorgen machte, musste er zuerst ein Haus finden.

Sein Bruder ließ sich auf seinem Platz hinter dem Schreibtisch nieder, und Austin setzte sich auf einen der Stühle ihm gegenüber. „Also, was gibt's? Stimmt was nicht?"

„Nein, eigentlich hoffe ich, dass sich was Gutes entwickeln könnte. Die Harrison-Ranch wurde uns zum Kauf angeboten."

Austin beugte sich vor. „Im Ernst? Ich schaue jedes Mal in die Richtung, wenn ich nach Fredericksburg in die Praxis fahre. Ich habe gerade eben darüber nachgedacht, ihn anzurufen und zu fragen, ob er verkaufen will."

Cole grinste. „Und ich wollte das Land mit der Ranch verschmelzen. Bist du damit einverstanden, dass wir es kaufen? Wir brauchen jemanden, der da draußen wohnt, und du scheinst der perfekte Kandidat zu sein, da es auf halbem Weg zu deiner neuen Praxis liegt. Wäre das interessant für dich? Oder willst du es als dein eigenes Land kaufen und es selbst bewirtschaften?"

„Nein, ich denke, es wäre perfekt, unser Ranchland zu erweitern. Ich habe nicht die Zeit, selbst eine Ranch zu führen."

„Perfekt. Es gibt dieses kleine alte Ranchhaus, das hinter den Bäumen versteckt ist, aber wenn du selbst bauen willst, gibt es viele großartige Plätze für ein neues Haus. Natürlich nur, *wenn* du eines bauen willst." Cole lächelte ihn an, als wüsste er genau, was Austin sagen würde.

„Ja, eines Tages, wenn ich wie du heirate, würde ich gerne bauen."

„Dann abgemacht. Ich habe schon mit unseren Brüdern geredet, und sie finden auch, dass das perfekt für dich wäre. Darum sind wir alle an Bord, wenn du es bist."

„Ich bin an Bord und absolut begeistert. Ich fange mit dem alten Haus an, und wenn ich eine Frau gefunden habe, werden wir gemeinsam ein Haus planen und bauen."

Cole schmunzelte. „Ist dir bewusst, dass du dich seit Jakes und Hannas Hochzeit um deine zukünftige Frau kümmerst? Du hast das Strumpfband aufgefangen, bist sofort zu ihr gerannt und hast dich um die hübsche Tess gekümmert, nachdem sie gestolpert war. Und jetzt hast du sie sogar eingestellt."

*Das Strumpfband.* Austin starrte seinen Bruder an. Er hatte versucht, nicht daran zu denken, dass es irgendeinen Zusammenhang zwischen Tess und dem Strumpfband gab. Aber es war nicht zu leugnen, dass er starke Gefühle für sie entwickelte und sie das erste Mal gesehen hatte, nachdem sie hingefallen war. „Glaubst du wirklich, dass diese Strumpfbandlegende wahr ist?"

„Ja. Ich habe eins gefangen und die erste Frau, der ich danach begegnet bin, war Tulip, und sie hat mich gebraucht. Dann hat Levi Rita gefunden, und dann Jake und Hanna. Nein, bei Bret und Ellie war es anders, aber es hat trotzdem wunderbar geklappt." Er grinste breit. „Aber du hast Jakes Strumpfband gefangen und bist Tess zu Hilfe geeilt – und wir haben alle zugesehen." Er zog eine Augenbraue hoch, während er Austin herausfordernd ansah.

„Glaubst du das im Ernst?"

„In drei von vier Fällen haben wir die erste Frau geheiratet, die wir nach dem Strumpfbandfangen gesehen haben, und in vier von vier Fällen haben wir geheiratet, nachdem wir das Strumpfband gefangen haben – warum sollte ich also nicht daran glauben? Es ist, als wäre uns ein großer Segen zuteilgeworden. Und glaube mir, wenn ich Segen sage. Tulip ist die Liebe meines Lebens, und wir freuen uns auf die Kinder, die wir hoffentlich bald bekommen werden. Den anderen Jungs geht es ähnlich. Jetzt bist du an der Reihe, und ich denke, Mr. Harrisons Ranch ist perfekt für dich. So bekommen wir auch mehr Weideland, und du wohnst näher an deiner Praxis, deiner Lebensaufgabe. Und hoffentlich wird es auch die Zukunft deiner zukünftigen Frau."

Er starrte seinen älteren Bruder an. Es war alles

wahr, alle seine Brüder hatten sich *danach* verliebt, doch kam es wirklich darauf an, dass Tess die erste Frau gewesen war, der er begegnet war, nachdem er dieses Strumpfband ins Gesicht bekommen hatte? Ja, alle seine Brüder hatten ihre Frauen getroffen, nachdem sie ein Strumpfband gefangen hatten, aber bedeutete das, dass es real war, oder war alles nur ein Zufall?

Sosehr er es auch leugnen wollte, es nagte an ihm, seit er ihr geholfen hatte. In dem Moment, als sie vom Boden zu ihm aufgeblickt hatte, hatte sich sofort etwas in ihm verändert. Und seitdem war es so geblieben. Aber er weigerte sich, an das Strumpfband zu glauben.

Vorsichtig sah er seinem älteren Bruder in die Augen. „Was du sagst, könnte stimmen. Ich habe starke Gefühle für Tess, und ich habe sie gerade erst kennengelernt. Aber ich nehme nichts als selbstverständlich hin. Wir werden sehen. Doch diese Gelegenheit, auf diese Ranch näher an meiner Praxis zu ziehen, ist genau das, was ich mir wünsche. Ich habe immer wieder daran gedacht, seit er weggezogen ist, aber du weißt ja, dass ich kein eigenes Vieh züchten will, also ist die Ranch für uns alle perfekt."

„Das dachte ich mir. Da du also einverstanden bist, werde ich alles veranlassen – okay, eigentlich habe ich den Prozess schon angestoßen. Ich war mir sicher, dass es dir gefallen würde, und wenn nicht, wäre das Land es trotzdem wert gewesen. Doch ich wollte nicht, dass du denkst, du musst das Haus nehmen. Es fühlt sich besser an zu wissen, dass jemand in der Familie es wirklich haben will.”

Er grinste seinen Bruder an. Cole leistete ausgezeichnete Arbeit bei der Leitung der Ranch. Das war etwas, das er nie hatte tun wollen, und seine Eltern hatten sich aus dem Betrieb der Ranch zurückgezogen, nachdem sie auf Öl gestoßen waren. Seine anderen Brüder waren großartig darin, mit dem Vieh zu arbeiten, doch wie er wollten sie nicht den Job an der Spitze, für den Cole geboren zu sein schien. „Glaub mir, ich will es. Die Frage ist nur: wann kann ich einziehen?”

Cole grinste. „In zwei Wochen. Die Anwälte sind schon dran. Mr. Harrison hat das Haus schon ausgeräumt, also kannst du einziehen, sobald die Papiere unterschrieben sind.”

Er grinste. „Perfekt. Du, mein großer Bruder, hast

mich vollkommen richtig eingeschätzt."

„Perfekt. Und was ist jetzt mit deinen Gefühlen für die schöne Tess Piper?"

Sein Herz setzte ein paar Schläge aus. „Wir werden sehen. Aber ich kann dir sagen, dass ich mich zu ihr hingezogen fühle. Das ist alles, was ich im Moment weiß."

# KAPITEL SECHS

Am Ende der Woche war ihr Handgelenk fast geheilt, nicht vollständig, aber es war viel besser als zuvor, und das machte Tess glücklich. Sie hatte sich entspannt, weil sie wusste, dass sie jetzt einen guten Job hatte, bei dem sie mehr verdiente als in ihrem vorherigen, und sie mochte die beiden Frauen, mit denen sie in der Praxis arbeitete. Und den Arzt … sie mochte Austin wirklich.

Etwas darüber hinaus, dass er ein wunderbarer Arzt und ein großartiger Mann war, ließ ihr Herz mit jedem Tag, den sie in seiner Nähe verbrachte, noch höher schlagen. Oder wenn sie nur an ihn dachte wie gerade. Doch sie musste aufpassen, nichts in sein Verhalten hineinzuinterpretieren. Sie musste nur ihren Weg weitergehen, um ihr Leben wieder auf festen Boden zu bringen, und ihre Eltern in ihrem Herzen zu tragen, sehr geliebt und nie vergessen.

„Wir sehen uns nächste Woche", sagte Ramona, als sie vom Abschließen der Praxistür zurückkam. „Ich möchte nur, dass Sie wissen, dass ich diese Woche jeden Moment genossen habe, in dem ich mit Ihnen gearbeitet habe. Ich hoffe, Sie haben ein tolles Wochenende und dass Ihr Handgelenk am Montag noch weiter ist als jetzt."

„Vielen Dank, Ramona. Es begeistert mich, mit Ihnen und Kimberly zusammenzuarbeiten. Bevor sie vorhin gegangen ist, hat Kimberly mir auch gesagt, dass sie unsere erste Woche genossen hat. Ich liebe es hier, mit Ihnen beiden zu arbeiten. Und mein Handgelenk heilt schneller, als Dr. Tanner erwartet hatte. Er hat es heute Morgen angeschaut, und die Schwellung ist weg. Obwohl es immer noch ein bisschen weh tut, ist es so viel besser. Er hätte den Verband fast weggelassen, sagte mir aber, er habe Angst, dass ich es überanstrengen würde, wenn er es täte, also ließ er es eingewickelt." Sie grinste und dachte über seine Aktion nach.

„Er ist ein guter Arzt, das ist sicher. Habt ein tolles Wochenende, und wir sehen uns am Montagmorgen."

Und dann waren nur noch Tess und Austin im Gebäude. Sie konzentrierte sich darauf, die Datei, an der sie gearbeitet hatte, fertigzustellen, die letzten Seiten auf den Kopierer zu laden und sie in die Computerdatei zu kopieren. Als sie damit fertig war, stand sie auf und griff nach ihrer Handtasche. Sie schaltete das Licht im Empfangsbereich aus, ging dann den Flur entlang und wollte gerade an der geschlossenen Tür von Austins Büro vorbeigehen, als er sie öffnete und er fast mit ihr zusammengestoßen wäre.

Aber sie war so erschrocken, dass sie schwankte und er sie an den Oberarmen packte. „Tess, ich hätte dich fast überfahren. Geht es dir gut?"

Elektrische Schauer durchfuhren Tess. „Es geht mir gut. Bei geschlossener Tür dachte ich, du wärst beschäftigt, also wollte ich raus."

Seine Finger drückten sanft ihre Arme, bevor sie sie losließen. „Ich habe vorhin die Papiere durchgesehen und wollte mir gleich die neue Ranch ansehen, die wir gekauft haben." Er ging auf die Tür zu und öffnete sie, hielt sie ihr auf. Dann folgte er ihr nach draußen. Er zog sie rasch zu, schloss ab und drehte sich zu ihr um.

Tess war erstarrt, erschrocken über Austins Aussage. „Ihr habt alle eine neue Ranch gekauft?"

„Ja, meine Brüder und ich haben eine neue Ranch für mehr Vieh gekauft. Aber sie liegt zufällig zwischen hier und True Love, und ich werde im Ranchhaus wohnen. Ich hatte darüber nachgedacht, den Besitzer anzurufen, der weggezogen war, um näher bei seiner Familie zu sein. Er war mit uns befreundet; mein Großvater war ein wirklich enger Freund. Bevor ich ihn anrufen und fragen konnte, ob er beabsichtigte, es zu verkaufen, hat er Cole angerufen und ihn gefragt, ob wir Interesse hätten. Er wollte uns die erste Option geben, da wir praktisch eine Familie waren."

„Das ist lieb. Er muss euch allen wirklich nahe stehen."

„Ja, tut er. Cole hat mich angerufen und mich gebeten, vorbeizuschauen, und das hab' ich gemacht. Er fragte mich, was ich von dem Ort halte und ob ich dort leben möchte. Wie sich herausstellte, hatte er die Idee, ich könnte dort leben, bereits unseren anderen Brüdern unterbreitet, und sie waren alle der Meinung, dass es ein perfekter Ort für mich ist. Es bringt mich näher an die Praxis, ist aber immer noch auf dem Land. Ich habe ein paar gute Brüder." Er lächelte breit und meinte seine Worte eindeutig.

„Das ist wunderbar", sagte sie von ganzem Herzen.

„Also, was machst du zum Abendessen? Warum fährst du nicht mit mir aus, und wir können es uns ansehen und dann in der Stadt etwas kaufen, wenn ich dich nach Hause bringe? Es ist Freitagabend, und das Restaurant im Freien in Fredericksburg bietet großartiges Essen und Musik. Was sagst du?"

Ihr Herz hatte bei seiner Einladung praktisch aufgehört zu schlagen. Sie schaffte es, Luft zu holen, sodass sie sich keine Sorgen machen musste, vor Austin in Ohnmacht zu fallen. „Du hast wirklich meine Neugier geweckt, also würde ich gerne einen Blick darauf werfen. Und du musst mich nicht zum Essen ausführen …"

„Muss ich nicht", sagte er. „Aber ich möchte es tun. Also, lass uns dein Auto bei dir abstellen, und dann kannst du in meinen Truck steigen, und wir fahren los."

Sie taten fast genau das. Doch obwohl sie groß genug war, um allein in den Truck zu steigen, selbst mit einem verletzten Handgelenk, hielt er ihren Ellbogen fest und half ihr ein wenig. Ihr Ellbogen prickelte noch Minuten später, als sie auf True Love zusteuerten – die Stadt, nicht die Gefühle in ihrem Herzen.

Der Gedanke traf sie hart. Sie kannte ihn kaum, und diese unerwartete Parallele, die ihr Verstand gezogen hatte, überraschte sie.

„Das Haus ist nur etwa zwölf Meilen von hier entfernt."

„Das ist eine nette, kurze Anfahrt für dich. Aber gibt dir trotzdem das Ranch-Feeling, von dem ich das Gefühl habe, dass du es liebst."

„Genau." Er lächelte sie an. „Hier ist schon die Abzweigung."

Sie starrte auf das Eingangstor mit dem Schild der Harrison Ranch und dachte daran, dass es bald ein anderes Schild haben würde. „Eure Ranch ist die Tanner Ranch, nicht wahr?"

„Ja. Ich bin mir aber nicht sicher, ob wir hier ein Schild anbringen werden. Das überlasse ich meinen

Brüdern, die die Ranch betreiben. Ich bin nur der Arzt, der auf einer Ranch lebt und sich um seine Herde in der Praxis kümmert." Er lächelte und sie auch.

„Du scheinst heute Abend ziemlich guter Stimmung zu sein."

„Das bin ich."

Es war offensichtlich, dass er die Idee liebte, hierherzuziehen, und sie verstand es vollkommen. Er bog in die Einfahrt ein und fuhr den Schotterweg hinunter. Vor ihnen teilte sich die Straße, und er nahm die Abzweigung, die nach rechts führte.

„Das Ranchhaus ist da zwischen den Bäumen."

Tess betrachtete es und erschrak, als sie sah, wie alt es war. Es war wahrscheinlich mehr als vierzig Jahre alt. Hübsch, aber alt. Sie hatte erwartet, dass er etwas Neueres kaufen würde. „Es ist hübsch."

Austin hielt den Truck an. „Ja, das ist es, und es hat viel Familiengeschichte. Im Moment ist es großartig für mich, aber später, wenn ich heirate, will ich ein Ranchhaus bauen, da, wo der gerade Teil der Straße über den Hügel führt. Ich zeige dir die Aussicht. Sie ist wunderschön."

## DES MILLIARDENSCHWEREN COWBOY'S
## DER WAHRGEWORDENE TRAUM

Er wollte mit dem Bauen warten, bis er eine Frau hatte, die das Haus mit ihm bauen würde. Der Gedanke wärmte sie, als sich ihre Blicke trafen. „Das ist eine schöne Idee. Das macht es zu einem perfekten Ort für dich."

„Das denke ich auch. Jetzt lass uns reingehen."


* * *


Austin nahm den Schlüssel und öffnete die Tür. „Der Verkauf dürfte Mitte nächster Woche abgeschlossen sein, aber da wir quasi Familie sind, hat Mr. Harrison zugestimmt, dass ich mit den Vorbereitungen für den Einzug anfangen kann. Hier schlafen werde ich aber erst, nachdem die Papiere unterschrieben sind."

Sie ging an ihm vorbei ins Haus. „Aber ich wette, du hast Sachen, die du schon herbringen kannst."

Er lachte, als er die Tür zuzog. „Absolut. Ich denke, es wird sich erst einmal komisch anfühlen, nicht auf der eigentlichen Ranch zu leben, doch am Tag nach meinem Einzug bringen sie das Vieh rüber und auf die Weiden."

„Und du wirst dich eher wieder wie auf einer Ranch

fühlen, wenn Rinder der Tanner Ranch um dich herum grasen.”

Sein Magen verknotete sich, als sich ihre Lippen zu einem sanften Lächeln verzogen, und er wollte sie mehr als alles andere küssen.

Ihre Augen weiteten sich plötzlich, und sie wich zurück, als hätte sie seine Gedanken gelesen.

„Zeig mir das Haus.” Sie wirbelte herum und ging ins Wohnzimmer.

Er folgte ihr und wusste, dass er in Schwierigkeiten steckte und sie dazu bringen musste, sich an ihn zu gewöhnen, oder sie würde weglaufen. Irgendetwas war in ihrer Vergangenheit passiert, das manchmal Schmerz in ihren Augen aufleuchten ließ, und sein Instinkt sagte ihm, dass es nichts mit ihrem verstauchten Handgelenk oder dem Tod ihrer Eltern zu tun hatte. Was war ihr sonst noch zugestoßen?

„Das ist das Wohnzimmer, nicht riesig, aber groß genug für mich und ein paar Brüder oder Freunde.” Der große Kamin war aus Naturstein in verschiedenen Schattierungen von Hell bis Dunkel mit einem dicken Holzsims. Er ging zu einer Tür. „Die Küche und der

Essbereich sind hier. Etwas, das ich tun könnte, ist, diese Tür zu verbreitern oder die Wand rauszunehmen. Ich mag es lieber offen."

„Ich auch." Sie folgte ihm in die Küche. „In meiner Wohnung ist alles sehr beengt. Wenn ich lange genug für dich gearbeitet habe, um ein bisschen zu sparen, werde ich wahrscheinlich auch nach einer Wohnung mit ein bisschen mehr Platz suchen." Sie lächelte. „Sie wird nicht so groß sein, aber schon ein bisschen größer und nicht so abgewohnt."

„Wenn ich etwas sehe, von dem ich denke, dass es dir gefallen könnte, lasse ich es dich wissen."

„Danke, aber das wird nicht so bald sein. Doch zumindest habe ich es jetzt auf meiner Traumliste." Sie strich mit den Fingern über die gefliese Theke. „Die ist wirklich schön. Ich denke, so alt das Haus auch ist, sie haben es gut in Schuss gehalten."

„Vor ungefähr acht Jahren haben sie alles renoviert. Sie haben wirklich tolle Arbeit geleistet."

Sie gingen den Flur entlang, von dem ein Badezimmer und zwei Zimmer abgingen. Das letzte Zimmer war am anderen Ende des Flurs und hatte ein

En-suite-Bad. „Ich nehme an, das wird dein Schlafzimmer sein."

Er grinste. „Gut gedacht. Ja, es ist größer und hat sein eigenes Bad, also steht mein Name drauf. Mein neues Bett wird morgen Nachmittag geliefert. Ich kann es kaum erwarten."

Tess musste lachen über seine deutliche Begeisterung, hierher zu ziehen, doch was sie offensichtlich nicht sah, war seine Begeisterung, sie hier zu haben. Ihr Blick traf seinen, und sein Herz hämmerte stärker, als er sich vorstellte, dass sie sein Haus, sein Schlafzimmer, seine Welt mit ihm teilen könnte. Als hätte sie seine Gedanken gespürt, hörte sie auf zu lachen, wandte sich ab und ging zur Tür.

„Zeit, dass ich mir die Veranda ansehe!", rief sie über ihre Schulter, als wäre es höchste Zeit für frische Luft.

Er stimmte zu und folgte Tess auf die hintere Veranda. Er zwang seine Gedanken zurück zum Haus und ermahnte sich, sie sich nicht mit ihm zusammen in diesem Schlafzimmer vorzustellen. Doch in Wahrheit war es schwer, den Gedanken zu verdrängen. Seit sie das Haus betreten hatten, kehrten seine Gedanken immer wieder zu ihnen als Paar zurück. Dachte sie dasselbe?

„Hast du Hunger? Wollen wir Abendessen gehen?"

„Bist du dir sicher?", fragte Tess und sah ihn unsicher an.

Sie wirkte nervös, und er wollte nicht, dass sie einen Rückzieher machte. „Ich bin sicher. Du hast ein wirklich gutes Essen an einem unterhaltsamen Ort verdient. Ich habe schon einen Tisch reserviert. Den See kann ich dir immer noch an einem anderen Tag zeigen."

„Ich freue mich darauf."

Austin begleitete sie zum Truck und zwang sich, sich darauf zu konzentrieren, ihr zu helfen. Sie würden einen entspannten Abend haben, und er würde seinen Wunsch, sie zu küssen, unterdrücken. Etwas, das immer schwieriger wurde.

Auf dem Weg in die Stadt sprachen sie über das Haus, und er fragte sie nach ihrer Meinung zu Vorhängen, Teppichen und sogar Möbeln. Er hatte noch nie zuvor ein Haus eingerichtet. Die kleine Hütte, in der er lebte, war eingerichtet gewesen, da seine Eltern sie

Jahre zuvor für Gäste ausgestattet hatten, die auf die Ranch kamen. Jetzt würde es seine Aufgabe sein, dieses Haus zu dekorieren … und er wollte einen Ort, an dem man sich wohlfühlen konnte.

In Fredericksburg war am Freitagabend viel los, also nahm er den ersten freien Parkplatz, den er fand, ging dann um den Truck herum und öffnete Tess' Tür. Ihr Handgelenk war fast verheilt, doch er hatte sie gebeten, langsam zu machen und ihm noch etwas Zeit zum Heilen zu geben. Er war froh, dass er heute Abend helfen konnte.

„Das ist eine sehr interessante Stadt", sagte sie, als sie auf den Bürgersteig traten.

„Ja, das ist es. Texaner und Leute aus aller Welt kommen hierher, um zu entspannen, einzukaufen und zu essen. Und dann gibt es diejenigen, die einfach hier leben und es lieben."

Sie gingen den Bürgersteig hinunter, an Geschäften vorbei, als sie ihn anlächelte. „Und du, liebst du es?"

„Wir sind da." Sie hatten gerade ein zweistöckiges Haus mit Tischen im Garten unter dichten Bäumen erreicht. Ein Mann saß auf der Veranda, spielte Gitarre und sang ein leises Liebeslied. Er kam nicht oft hierher, doch manchmal aß er hier zu Mittag. „Ich werde deine Frage gleich beantworten." Eine Reihe von Leuten warteten auf einen Tisch, doch er trat vor, um der Dame am Empfang seinen Namen zu nennen, da er einen Tisch reserviert hatte, und er hoffte, dass der Tisch schon frei war.

„Guten Abend, Sir. Ihr Tisch ist bereit. Bitte folgen Sie mir."

Er streckte seinen Arm aus, um Tess zu bedeuten, dass sie vorgehen sollte, während die Empfangsdame zum letzten Tisch auf der linken Seite vorausging. Er zog einen der beiden Stühle für Tess heraus, damit sie Platz nahm, und ließ sich dann selbst nieder. Die Tischanweiserin sagte ihnen, die Kellnerin würde bald zu ihnen kommen, und dann ging sie.

„Du hast reserviert? Wir mussten gar nicht warten." Sie sah überrascht aus.

Er lächelte, und es gefiel ihm, dass er sie so überrascht hatte. „Natürlich habe ich reserviert. Es ist kein schickes Lokal, aber das Essen ist großartig, also kommen freitags viele Leute her, um der Musik zu lauschen und das Essen zu genießen. Ich wollte nicht, dass du in dieser langen Schlange warten musst, und ich wollte an diesem speziellen Tisch sitzen, wo wir den Sänger hören und uns gleichzeitig bequem unterhalten können. Nicht da drüben auf dem Bürgersteig." Er berührte ihre Hand, die auf dem Tisch ruhte. „Ich hoffe, das ist okay für dich?"

Sie nickte. „Absolut. Ich hatte es einfach nicht erwartet. Du hast an alles gedacht."

Er hatte es versucht. Die Kellnerin kam, reichte jedem eine Speisekarte, nahm dann ihre Getränkebestellungen entgegen und ließ sie wieder allein. Ihre Stühle standen auf einer Seite des runden Tischs, was ihnen beiden einen Blick auf den Sänger ermöglichte und sie näher beisammen sitzen ließ, etwas, das ihm sehr gefiel. Es gab nette Sitznischen im Restaurant, aber er hatte gedacht, dass es ihr draußen gefallen würde.

„Und gefällt es dir hier in Fredericksburg?" Sie wiederholte die Frage, die sie auf dem Weg zum Restaurant schon einmal gestellt hatte. Sie wirkte sehr neugierig.

„Das tue ich, aber es ist nicht mein Zuhause. Ich liebe die Ranch, auf der Mom und Dad uns großgezogen haben, und ich liebe das kleine True Love. Es ist ein schöner Ort, doch nicht genug für einen Vollzeitarzt, daher habe ich mich entscheiden, hier zu sein. Aber es ist nah genug, dass viele der Patienten aus True Love herkommen, was mir das Gefühl gibt, dass ich sie nicht einfach im Stich gelassen habe."

„Ich bin mir sicher, dass das alle verstehen. Wer weiß, wenn die Praxis wächst und du Ärzte eingestellt hast, die mit dir zusammenarbeiten, könntest du in True Love eine Zweigniederlassung eröffnen, die einen Tag die Woche geöffnet ist."

„Ich glaube, du liest meine Gedanken."

Sie strahlte. „Ich dachte mir, dass du wahrscheinlich schon mit der Idee gespielt hast. Es passt einfach zu dir."

Und das war das Erstaunliche an ihr: Sie verstand ihn. „Danke für diese netten Worte. Aber jetzt lass uns uns die Speisekarte ansehen, damit du sehen kannst, wie gut das Abendessen hier ist."

„Es riecht auf jeden Fall schon toll. Ich kann's kaum erwarten."

# KAPITEL SIEBEN

Am Samstagmorgen wachte Tess auf und fühlte sich so gut wie lange nicht. Und es hatte nichts damit zu tun, dass ihr Handgelenk heilte. Sie hatte einen wunderschönen Abend mit Austin verbracht, sich zuerst sein neues Zuhause angesehen und dann mit ihm zu Abend gegessen. Die Musik war wunderbar gewesen, und sie hatten einfach dagesessen, der Musik gelauscht und die Gesellschaft genossen. Wem machte sie etwas vor? Sie hatte es genossen, so nah bei ihm zu sitzen und zu sehen, dass ihm ihre Gesellschaft gefiel.

Ja, sie sollte vorsichtig sein, doch es wurde jeden Tag, den sie in der Nähe von Austin war, schwieriger, ihr Herz nicht ins Spiel kommen zu lassen. Etwas, wovon sie sich geschworen hatte, dass sie es nie wieder zulassen würde. Sie konnte heute einfach nicht nur herumsitzen, darum fuhr sie in die Stadt und parkte ihr Auto gegenüber dem Gerichtsgebäude. Sie stieg aus und ging die lange Hauptstraße hinunter, die auf beiden Seiten von so vielen Geschäfte gesäumt war, dass sie, selbst wenn sie sich entschied, kein Geschäft zu betreten, weil sie kein Geld zum Ausgeben hatte, viele Schaufensterbummel machen konnte. Eines Tages würde sie wieder ein bisschen mehr Geld haben, und sie hatte nicht vor, sich jemals wieder austricksen zu lassen. Aufgrund ihrer Dummheit war sie nicht in der Lage gewesen, ihrem Vater mit mehr zu helfen, als für ihn da zu sein. Sie hatte nicht einmal genug Geld gehabt, um seine Beerdigung zu bezahlen, also hatte sie seinen Truck verkaufen müssen.

Sie verdrängte die negativen Gedanken aus ihrem Kopf, ging los und bewunderte, was sie in den Schaufenstern sah. Nachdem sie ungefähr eine halbe Stunde lang die Straße hinuntergegangen war, bemerkte sie, dass sie sich wirklich amüsierte. Sie hielt inne, als ihr Herz bei dem Gedanken stockte … es war lange her, seit sie sich so friedlich gefühlt hatte. Auf einer Bank ließ sie sich nieder und saß einfach da und ließ die

Realität auf sich wirken. Ihr Leben hatte eine deutliche Wende genommen. Und so seltsam es auch klang, das war passiert, nachdem sie bei der Hochzeit von Jake und Hanna gestürzt war. An dem Abend, an dem sie Austin kennengelernt hatte. Sie konnte nicht leugnen, dass diese Begegnung ihr Leben zum Besseren verändert hatte.

Ihr Handy klingelte, also kramte sie in ihrer kleinen Handtasche danach. Sie trug den langen Riemen diagonal über ihrer Schulter, damit die Handtasche auf ihrer Hüfte hing. Austins Name leuchtete auf dem Display, und ihr Herz begann sofort zu pochen. Sie tippte auf den Bildschirm und hielt das Handy an ihr Ohr. „Hallo?"

„Hi. Ich hoffe ,du genießt den Tag. Ich hatte gestern einen wirklich schönen Abend mit dir."

Ein Lächeln breitete sich auf ihrem Gesicht aus. „Ich auch. Und ich sitze gerade auf einer Bank in der Stadt und genieße es einfach, unterwegs zu sein."

„Das hört sich schön an. Ich rufe an, weil mein Bruder Cole und seine Frau Tulip alle Brüder und ihre Frauen für heute Abend zum Grillen eingeladen haben.

Sie haben vorgeschlagen, ich solle dich mitbringen. Sie wissen, dass du jetzt bei mir arbeitest, und sie würden dich gerne wiedersehen, seit du das letzte Mal verletzt warst, als ich dich von der Hochzeit weggebracht habe. Ich würde mich freuen, wenn du mitkommen würdest – ich hatte sogar schon darüber nachgedacht, dich einzuladen, bevor sie mich gebeten haben, dich mitzubringen. Ich hole dich gegen sechs Uhr ab, wenn das okay für dich ist. Und ich weiß, ich rede ohne Punkt und ohne Komma, aber ich versuche, dich davon zu überzeugen, ja zu sagen."

Sie lächelte strahlend, weil sie ihm zugehört hatte, und jetzt lachte sie. „Ich würde gerne kommen. Deine Familie scheint wirklich nett zu sein."

„Großartig. Sie sind nett und das bist du auch, also wird das ein toller Abend werden."

Sie kicherte. „Großartig."

Er lachte. „Wir sind beide irgendwie nicht die großen Redner, oder?"

„Das muss ja auch nicht sein."

Sie hielten beide inne, und sie fragte sich, ob er vielleicht genauso lächelte wie sie. „Um sechs bin ich fertig. Kann ich irgendwas mitbringen?"

„Ich werde dich abholen, und du brauchst nur dich selbst mitzubringen. Glaub' mir, es wird genug zu essen geben, wenn alle meine Schwägerinnen was mitbringen."

„Das würde ich wirklich auch gerne tun. Soll ich ein Dessert, zusätzliche Beilagen oder vielleicht Dips machen? Kannst du mir einen Tipp geben?"

„Du brauchst wirklich nichts mitzubringen. Ruh' einfach dein Handgelenk aus. Sie wollen dich nur sehen und dich besser kennenlernen."

Er versuchte, nett zu sein, also wollte sie nicht weiter bohren. „Also gut. Dann sehen wir uns um sechs. Ich freue mich schon sehr darauf."

„Ich mich auch. Genauso wie der Rest meiner Familie. Bis später." Und damit legte er auf.

Sie atmete tief durch, und auch wenn sie begeistert über die Einladung war, zögerte sie, weil sie nicht wusste, was sie mitbringen sollte. Doch nachdem er so darauf bestanden hatte, dass sie nichts mitbringen sollte, wollte sie niemandem auf den Schlips treten, indem sie mit irgendetwas auftauchte. Sie stand auf und ging zurück zu ihrem Auto. Sie wollte gerade eine Straße überqueren, als sie ihren Namen hörte.

Sie blieb stehen und sah sich suchend um.

„Tess, hier drüben."

Ihr Blick folgte der Stimme zur Seitenstraße. Da war eine Frau, die gerade in ihr Auto steigen wollte, ihr jetzt aber zuwinkte. Wer war das? Tess ging näher und erkannte dann eine der Tanner-Frauen. Wer war sie nochmal? Sie war ihnen bei der Hochzeit nicht wirklich vorgestellt worden. Sie war nur da gewesen, um zu servieren. Doch sie waren alle wirklich nett gewesen. Diese hier hatte wunderschöne zimtbraune Haare.

„Hi", sagte sie, als sie näherkam. „Tut mir leid, ich weiß, dass du eine der Tanner-Frauen bist, aber ich kann mich nicht erinnern, welche."

Die schöne Frau lächelte und winkte ab. „Schon okay. Ich bin Tulip Tanner, verheiratet mit dem ältesten Bruder, Cole. Ich bin so froh, dich zu sehen. Hat Austin dich wegen heute Abend angerufen?"

„Ja, gerade eben." Sie lächelte, wirklich froh, Tulip getroffen zu haben. „Ich habe ihm gesagt, dass ich gerne mitkommen und euch alle treffen würde."

„Perfekt. Alle werden begeistert sein. Wir waren so froh, dass Austin da war, um dir zu helfen. Und natürlich waren wir alle begeistert, als wir gehört haben, dass du jetzt für ihn arbeitest. Ich bin heute Morgen ins Büro gerannt, um Rita zu helfen, und jetzt gehe ich nach Hause. Sie ist schon weg, sonst würde ich sie dir vorstellen."

Tess hatte gehört, dass eine der Frauen Hochzeitsplanerin und Gartendesignerin war und eine andere ein Blumengeschäft besaß, und sie taten sich zusammen, um Hochzeiten und andere große Partys zu veranstalten. Doch das war alles, was sie wusste. Sie blickte in die Richtung, in die Tulip gestikuliert hatte, als sie gesagt hatte, sie sei im Büro gewesen, und es war ein Hochzeitsplanungsgeschäft.

„Ich habe ein bisschen darüber gehört, was ihr alle beruflich macht, und es klingt wirklich großartig. Ich freue mich darauf, alle kennenzulernen. Und, ja, Austin hat mir wahnsinnig geholfen. Ich bin ihm sehr dankbar dafür."

Tulips Augen musterten ihr Gesicht, als ob sie versuchten, ihren Gesichtsausdruck zu erforschen.

Sie fragte sich, warum.

„Er ist ein großartiger Mann und Arzt. Aber ich mache mich besser auf den Weg nach Hause und helfe Cole, alles für heute Abend vorzubereiten. Ich kann es kaum erwarten, mich länger mit dir zu unterhalten. Wir alle wollen, dass du dich in unserer Gegend willkommen fühlst."

„Danke, dass du an mich gedacht hast, und ich freue mich wirklich auf heute Abend. Fahr vorsichtig. Ich fahre auch nach Hause, damit ich fertig bin, wenn Austin mich abholt."

„Perfekt. Dann bis bald." Damit stieg Tulip in ihr Auto, winkte und fuhr los.

Tess winkte zurück, dann überquerte sie die Straße und ging zu ihrem Auto. Tulip schien sich sehr gefreut zu haben, dass Austin sie zum Grillen mitbrachte, und sie hatte das Gefühl, dass mehr dahintersteckte, als dass er ihren Arm gerichtet und ihr einen Job gegeben hatte.

* * *

Austin hielt vor Tess' Haus an und versuchte, das Glücksgefühl zu zügeln, das ihn beim Gedanken, Tess abzuholen und sie zu einer Grillparty bei seiner Familie mitzunehmen, erfasst hatte. Er war ein wenig nervös, weil er wusste, was alle dachten: dass sie seine zukünftige Braut war, weil er das Strumpfband bei der Hochzeit gefangen hatte und Tess die erste Frau war, die er danach angesehen hatte. Er versuchte, nicht so darüber nachzudenken, doch es machte ihn jedes Mal verrückter, wenn sie zusammen waren. Er hoffte, dass sie das Strumpfband heute Abend nicht zur Sprache bringen würden. Er hatte seinen Brüdern gesagt, dass sie das nicht auch noch im Kopf haben musste, weil sie eine schwere Zeit durchgemacht hatte und immer noch um ihre Eltern trauerte. Er erwähnte nicht, dass er misstrauisch war, dass sie noch etwas anderes plagte. Die Jungs hatten versprochen, dass sie mit ihren Frauen sprechen und dafür sorgen würden, dass sie nichts sagten. Hoffentlich würden sie sich daran halten, denn er wollte sie nicht glauben lassen, das sei der Grund, warum er sie besser kennenlernen wollte.

Er stieg gerade aus, als sie die Tür öffnete. Wie angewurzelt blieb er stehen und starrte sie an … sie war wirklich wunderschön. Sie trug ein blaugrünes Sommerkleid, das ihre Knie umspielte und ihre schönen

Beine und Arme zeigte. „Du siehst fantastisch aus." Die Worte kamen heraus, bevor er sie aufhalten konnte, und sie errötete, ergriff aber zum Glück nicht die Flucht.

„Danke. Ich habe in meinen Kisten mit Klamotten gewühlt, die ich noch nicht ausgepackt hatte, und habe das hier gefunden. Ich hoffe, es ist okay für heute Abend."

Er lächelte. „Es ist perfekt." Er ging und öffnete ihre Tür des Trucks, während sie die Haustür abschloss. Dann half er ihr beim Einsteigen und bemerkte, dass sie wirklich gut duftete. „Ich freue mich sehr, dass du heute Abend zu meiner Familie und mir auf die Ranch kommst. Sie freuen sich darauf, dich wiederzusehen und dich richtig kennenzulernen."

„Ich mich auch. Ich habe Tulip vorhin in der Stadt getroffen. Sie war so nett und hat mir gesagt, wie sehr sie sich freut, dass ich mit dir rauskomme. Du hast eine tolle Familie."

„Ja, das ist wahr. Du scheinst aber auch eine wunderbare Familie gehabt zu haben, so, wie du deine Eltern geliebt hast."

Ihre Augen wurden sofort weicher, und sie lächelte sanft. „Das stimmt. Ich habe sie unendlich geliebt.

Danke, dass du an sie gedacht hast."

Unfähig, sich zurückzuhalten, hob er seine Hand an ihre Wange. „Ich kann dir sagen, sie wären stolz auf dich und würden sich nur das Beste für dich wünschen."

„Das ist so sehr wahr. Ich bin sicher, deine Eltern denken genauso."

„Das tun sie. Vor allem, weil sie sich zurückziehen konnten und sich um nichts mehr kümmern müssen." Er lachte, weil es wirklich so wahr war. „Lass mich dir beim Einsteigen helfen, dann machen wir uns auf den Weg zur Ranch."

Bald waren sie auf der Straße, und er fühlte sich so glücklich wie nie zuvor. Irgendetwas an dieser schönen Frau hatte diese Wirkung auf ihn. Und es war nicht so, dass er noch nie mit anderen hinreißenden Frauen zusammen gewesen wäre … es lag einfach daran, dass Tess etwas Besonderes war.

Und seine Familie war überzeugt, dass es an der Strumpfband-Legende lag, doch er hatte das Gefühl, dass es mehr als das war.

# KAPITEL ACHT

„Erzähl mir von deinen Brüdern und ihren Frauen. Und erinnere mich an ihre Namen und wer mit wem zusammen ist." Tess sah zu ihrem gutaussehenden Fahrer hinüber.

Austin lächelte sie an. „Okay, Cole ist mit Tulip, der Landschaftsgärtnerin, verheiratet, und er ist der Leiter unserer Ranch. Levi ist mit Rita, der Fotografin, verheiratet und im Ranchgeschäft sehr aktiv. Toby ist Ritas Sohn. Und dann sind da noch Bret und Ellie, die sich vor langer Zeit geliebt haben, aber Brets professionelle Rodeo-Karriere stand im Weg. Jetzt ist sie Floristin, und sie sind verheiratet und lieben ihr gemeinsames Leben. Die Liebesgeschichten meiner Brüder sind alle sehr interessant, doch das ist im Grunde alles, was zählt – sie haben ihre Liebe gefunden. Ich bin immer noch Single und habe eine neue Karriererichtung eingeschlagen, und sie sind verheiratet. Ich rechne bald mit den ersten Babynachrichten. Und dann sind da noch mein jüngster Bruder Jake und Hanna, die Tierärztin der Stadt. Das waren die beiden, die neulich geheiratet haben, als du dir den Arm verstaucht hast."

„Ja, ich erinnere mich an sie. Du hast eine wundervolle Familie, und ich freue mich darauf, alle heute Abend kennenzulernen."

„Du wirst sie mögen. Meine Brüder haben alle wirklich gute Frauen."

„Hört sich ganz so an." Sie fragte sich, ob er auch eine gute Frau finden würde. Ihre Gedanken kehrten sofort zu sich und ihm zurück … doch sie verdrängte sie. Sie waren Freunde, und er war ihr Boss. Sie konnte mit seiner Familie befreundet sein, doch ihr war letztes Jahr zu viel genommen worden. Ihre Eltern waren beide gestorben, was sie innerlich zerrissen hatte, und bevor dieser Alptraum passiert war, hatte ihr der Mann, den sie zu lieben glaubte, alles gestohlen, was sie hatte, einschließlich ihres Herzens. Das war einer der Gründe, warum sie nicht verstehen konnte, wie sie sich so schnell zu Austin hingezogen fühlen konnte, wo sie doch so betrogen und emotional zerstört worden war.

Sie schob diese Gedanken beiseite und konzentrierte sich auf die Grillparty mit Austins Familie. Es würde ein großartiger Abend werden, und sie würde ihn genießen.

Augenblicke später fuhren sie die lange Auffahrt zum Haupthaus der Ranch hinauf. Es war ein wunderschönes älteres Steingebäude mit zwei Stockwerken. Überall waren Blumen. Als sie auf der Seite zwischen den Stallungen und dem Haus parkten, sah sie die riesige Terrasse, einen Pool und eine tolle Aussicht. „Wow, das ist schön."

„Danke. Hier bin ich aufgewachsen, und wir haben das Land immer geliebt. Tulip sorgt dafür, dass der Garten fantastisch aussieht."

„Das sehe ich."

„Okay, lass uns auf die Terrasse gehen und lass den Spaß beginnen!" Er lächelte sie an, und ihr Herz fiel ihr fast aus der Brust, als sie es erwiderte.

Innerhalb von Sekunden, nachdem sie aus dem Truck gestiegen waren, wurden sie umzingelt. Alle stellten sich vor und lächelten sie dabei strahlend an. Noch nie in ihrem ganzen Leben hatte sie sich so willkommen gefühlt. Sie taten fast so, als wäre sie ein Teil der Familie, den sie viel zu lange nicht gesehen hatten.

„Wir freuen uns, dass du kommen konntest", sagte Cole. Er sah Austin an und grinste. „Du auch. Kommt, Jungs. Lasst uns nach der Ochsenbrust auf dem Grill sehen und Tess die Mädels besser kennenlernen."

Alle Jungs schmunzelten und folgten ihrem Bruder über die Terrasse zum großen Grillplatz, wo Dampf aus dem Grill aufstieg.

„Die Ochsenbrust liegt schon seit Stunden auf dem Grill, also sollte sie bald fertig sein." Tulip ging auf das Haus zu, und alle folgten ihr.

Rita ging neben Tess her. „Wir waren so aufgeregt zu hören, dass du heute Abend kommst. Wir wollten dich schon seit der Hochzeit besser kennenlernen."

„Auf jeden Fall", bestätigte Hanna und sah sie über die Schulter an, als sie durch die Terrassentür trat. „Du und Austin hattet an diesem Abend unsere Aufmerksamkeit …"

„Aber es tut uns so leid, dass du bei eurer ersten Begegnung verletzt worden bist", unterbrach Ellie Hanna.

Hanna streckte die Hand aus und berührte ihren Arm. „Ja, das tut mir leid. Was ich meinte, war, dass wir froh sind, dass ihr euch kennengelernt habt und du jetzt für ihn arbeitest. Er braucht dich. Glaub' mir, ich bin Tierärztin und komme ohne Hilfe nicht aus. Er war wirklich in Not, und du hast ihn gerettet."

Es folgte eine Pause, und Tess lächelte. „Er hat mir sehr geholfen, also war ich froh, ihm helfen zu können. Es war ein toller Deal für mich, als er mir den Job angeboten hat. Er ist ein wunderbarer Arzt, und seine Patienten lieben ihn alle. Ich bin gerne in der Praxis und helfe ihm. Aber jetzt sagt mir, was ich hier drinnen tun kann, um euch zu helfen?" Sie verspürte das plötzliche Bedürfnis, das Gespräch von sich und Austin abzulenken. Sie schienen alle sehr an ihnen interessiert zu sein. Und sie interessierte sich plötzlich für sie.

Sie versammelten sich um die große Mücheninsel und fingen an, Kartoffelsalat, Bohnenauflauf und vieles mehr, was alles köstlich duftete, aufzudecken.

„Ihr habt alle im letzten Jahr geheiratet, richtig?”

Alle lächelten einander an und dann sie. Ihre Augen funkelten. Es war, als hätten sie ein Geheimnis oder so was, und sie war plötzlich an ihren Antworten interessiert.

„Cole und ich waren die Ersten. Er war auf einer Hochzeit, hat das Strumpfband gefangen und hat sich auf den Weg nach Hause gemacht. Ich war auf meiner eigenen Hochzeit gewesen und bin vom Altar weggelaufen, immer noch in meinem Hochzeitskleid. Mein Auto ist im Regen von der Straße abgekommen, und ich war vollkommen durch den Wind, als er mich die Straße entlanglaufen sah. Es war uns bestimmt zu heiraten, nachdem er mich gerettet und mir durch eine schwere Zeit geholfen hatte.”

„Das ist eine schöne Geschichte.” Sie lächelte, da sie im Herzen eine Romantikerin war. Ihre Gedanken wanderten kurz zu Austin, bevor sie diese gefährliche Idee verwarf.

„Ich war ein Hochzeitscrasher.” Rita lachte. „Habe heimlich Bilder von ihrer Hochzeit für ein Magazin gemacht. Levi hat mich gesehen, kurz bevor er das

Strumpfband gefangen hat, und dann ist er hinter mir hergegangen. Danach war es ziemlich abenteuerlich, als er mir und meinem Kleinen geholfen hat."

Beide hatten Strumpfbänder erwähnt. „Das klingt nach einem interessanten ersten Treffen. Wo ist dein Kleiner jetzt?"

„Er verbringt die Nacht mit einem seiner neuen Freunde, aber du wirst ihn bald kennenlernen."

„Und du wirst dich wie alle sofort in ihn verlieben." Ellie lächelte. „Jetzt bin ich dran. Bret hat das Strumpfband bei der Hochzeit von Rita und Levi gefangen, aber zum Glück hat er an diesem Abend nicht seine künftige Braut gefunden. Wir hatten vor Jahren gedatet und uns dann getrennt. Dann haben wir uns lange danach nicht wieder getroffen. Ich brauchte ein Interview von ihm, und meine Mutter brauchte schließlich Hilfe in ihrem Blumenladen. Am Ende, nach vielen Komplikationen, konnten wir unsere Liebe nicht leugnen, und ich bin so dankbar dafür. Gott ist gut. Und jetzt arbeiten wir Mädels zusammen, um Hochzeiten zu veranstalten."

Tess war erleichtert, dass sie offensichtlich nicht

die erste Frau war, die Bret nach dem Fangen des Strumpfbands gesehen hatte. Das wurde langsam besorgniserregend, weil sie die erste Frau war, die Austin gesehen hatte, nachdem er Jakes Strumpfband gefangen hatte. „Das ist cool. Eure Geschichte und das Geschäft, das ihr alle zusammen habt."

Sie sah Hanna an, die am Ende der Kücheninsel einen Salat machte. „Okay, jetzt muss ich deine Geschichte hören."

Hanna kicherte. „Ich habe zugestimmt, zur Weihnachtsfeier der Stadt zu gehen und auf einen der Cowboys zu bieten, die sie da versteigert haben. Ich hatte nie vor, für Jake zu bieten, da wir kurz miteinander ausgegangen waren und ich nach ein paar Dates den Schlussstrich gezogen hatte. Also hatte ich nicht vor, auf ihn zu bieten … und dann begann das Bieten, und ich konnte mich nicht zurückhalten. Ich habe geboten und gewonnen, also war er der Mann, der gekommen ist und mein Haus für Weihnachten dekoriert hat. Und dann fing das Abenteuer an, und wir haben uns verliebt und geheiratet. Er hat das Strumpfband nicht gefangen, das Bret bei seiner Hochzeit geworfen hat, doch er hat eines gefangen, das von einem Freund geworfen worden war, auf dessen Hochzeit wir beide waren, und dann ist er mir über den Weg gelaufen. Ich kann mir also vorstellen, dass das Strumpfband was damit zu tun hatte." Sie lächelte. „Ich denke wirklich, dass es ausschlaggebend war. Eine sehr romantische Vorstellung. Meinst du nicht?"

Ihr wurde klar, dass alle Frauen sie genau beobachteten. „Ich finde eure Geschichten großartig."

„Aber was ist das mit dem Strumpfband?", fragte Rita.

„Oh, das macht alles noch romantischer." Und das tat es. Aber zu wissen, dass es nicht der Anfang von Brets und Ellies Geschichte war, erleichterte sie ein bisschen. Trotzdem kehrten ihre Gedanken zurück zu Austin, der das Strumpfband gefangen und es sofort fallen gelassen hatte, als er zu ihr gerannt war, um ihr zu helfen, nachdem sie gestürzt war. Dass alle Strumpfbänder gefangen hatten, war nur ein Zufall und eine großartige Geschichte für diejenigen, die an so etwas glauben. Die Tatsache, dass Austin das Strumpfband gefangen hatte und ihr sofort zu Hilfe geeilt war, lag einfach daran, dass er Arzt war. Es war sein natürlicher Instinkt, und er hatte schnell reagiert. Sie versuchte zu ignorieren, wie er sie angesehen hatte, als er das Strumpfband aufgefangen hatte – und wie sie sich in dem Moment gefühlt hatte, bevor sie gestürzt war.

Alle lächelten sie an, ihre Augen funkelten. „Warum seht ihr mich alle so an?"

„Weil", Ellie schnarrte langsam. „Austin das Strumpfband gefangen hat und dich angesehen und dich dann gerettet hat. Und du kennst das Gefühl, und obwohl meine und Brets Wiedervereinigung einen etwas anderen Anfang hatte, kann ich nicht anders, als mir die anderen und die Strumpfbandgeschichte anzusehen und zu denken, dass es etwas bedeutet."

„Das denke ich auch", sagte Tulip und lächelte aufgeregt.

„Ich auch", stimmte Hanna zu.

„Und ich schließe mich allen an", beendete Rita das Thema, das mit ihrer Strumpfbandfrage begonnen hatte. „Ihr zwei seht so gut zusammen aus. Und ich kann die Anziehung spüren."

Sie sah diese großartige Gruppe von Frauen an, auf die sie sich so gefreut hatte, und jetzt kämpfte sie mit einem verwirrenden Gefühlschaos. Sie mochte sie, aber gleichzeitig wollte sie plötzlich weglaufen. „Erwartet ihr etwa, dass Austin und ich heiraten?"

Tulips Lächeln entspannte sich. „Wir hoffen, dass das Strumpfband ein Zeichen dafür war, dass sich zwischen euch beiden Liebe entwickeln wird. Bitte nicht falsch verstehen. Wir hätten wahrscheinlich nichts sagen sollen, aber wir waren so aufgeregt."

Sie sah die Sorge in den Augen der Frauen. Sie dachten, sie hätten es vermasselt, und machten sich Sorgen. „Bitte habt kein schlechtes Gewissen deswegen. Bitte. Ich mag Austin sehr. Aber, na ja … um ehrlich zu sein, kurz bevor ich hergezogen bin, habe ich meine Eltern bei einem Autounfall verloren. Und ein paar Monate davor ist eine Beziehung auf wirklich unangenehme Art in die Brüche gegangen. Es ist kein guter Zeitpunkt für mich, ans Daten zu denken, geschweige denn, mich zu verlieben und zu heiraten."

Sofort umarmten die Frauen sie und sagten, dass es ihnen leidtue wegen ihrer Eltern und der Beziehung.

Plötzlich wurde ihr klar, dass sie Austin nie von dem verlogenen Widerling erzählt hatte, der ihr so viel genommen hatte. Jetzt, da sie es seinen Schwägerinnen gegenüber erwähnt hatte, musste sie es vielleicht auch ihm sagen. Es war etwas, von dem sie niemandem hätte erzählen wollen, doch jetzt hatte sie es getan. Und wieder einmal hatte sie etwas aus schierer Dummheit getan. Früher hatte sie sich für eine kluge Frau gehalten, aber nachdem sie sich von diesem Mann hatte reinlegen lassen, hatte sie ihr Selbstvertrauen nie wiedergefunden.

„Wir glauben an dich, Tess", sagte Tulip. „Und wir sind für dich da, wenn du uns brauchst. Aber wir sehen auch, wie Austin strahlt, seit er dich getroffen hat. In seinen Augen hat sich etwas verändert, und das ist schön zu sehen. Seine Brüder haben es auch bemerkt. Deshalb hoffen wir alle, dass ihr euch verliebt. Aber wir werden trotzdem deine Freundinnen bleiben, auch wenn es nicht passiert."

„So wahr", sagte Hanna. „Lasst uns jetzt das Thema wechseln, damit du dich entspannen kannst und nicht das Gefühl hast, auf einem Drahtseil zu balancieren."

Alle stimmten zu, und das beruhigte sie, weil sie

ihnen glaubte. Als sie dann draußen mit den Jungs aßen, war die Stimmung wunderbar. Sie musste zugeben, dass, wenn es jemals eine Familie gab, in die sie gerne einheiraten würde, es die Tanners waren … doch sie war sich nicht sicher, ob sie jemals wieder jemandem ihr Herz anvertrauen konnte. Und sie war sich nicht sicher, trotz allem, warum ihre neuen Freundinnen glaubten, er würde jemals das Gefühl haben, dass sie die Frau für ihn war.

Doch trotz all dieser Gedanken hämmerte ihr Puls vor Hoffnung, als er sie ansah, und sie musste sich große Mühe geben, das schöne Gefühl zu ignorieren.

# KAPITEL NEUN

Sie hatten einen wunderbaren Abend. Seine Brüder hatten ihm gesagt, sie sei ein toller Fang, und er hatte sie angeschnauzt, sie sollten sich um ihre eigenen Angelegenheiten kümmern. Sie hatte nur gelacht, doch er wusste, dass sie es nur wegen der Strumpfbandgeschichte gesagt hatten. Obwohl er wusste, dass drei von ihnen ein Strumpfband gefangen und sofort ihre zukünftige Braut kennengelernt hatten, war es bei Bret und Ellie nicht so gewesen. Oh, er hatte eines gefangen, doch sie erst später getroffen, also passte das nicht ganz ins Schema. Trotzdem waren sie davon überzeugt, dass, nur weil er das Strumpfband gefangen und Tess geholfen hatte, sie füreinander bestimmt waren. Und er bemühte sich sehr, beruhend auf ihren Erlebnissen und seiner Freundschaft zur schönen Tess, diese nicht selbstverständlich als seine zukünftige Braut zu betrachten. Sie hatte viel durchgemacht, und obwohl er sich auf eine Weise zu ihr hingezogen fühlte, die er noch nie für eine andere Frau empfunden hatte, und tatsächlich anfing, sich zu wünschen, dass das Strumpfband gefangen zu haben bedeutete, dass sie füreinander bestimmt waren, erlaubte er sich nicht, das zu glauben. Er musste ihr vor allem ein Freund sein und herausfinden, was sie sonst noch belastete.

Als er sie jetzt im Dunkeln nach Hause fuhr, sprachen sie darüber, was für ein schöner Abend es gewesen war. Das war eine Erleichterung für ihn, dass sie so dachte. „Ich bin froh, dass es dir gefallen hat. Ich habe den Abend genossen und bin froh, dass es dir genauso geht. Du warst ein wunderbarer Gast."

„Danke. Aber du bist wirklich mit einer Familie gesegnet, die sich wunderbar nahesteht. Meine Mutter und mein Vater waren auch wunderbar, aber ich hatte keine Geschwister, und euch alle zusammen zu sehen lässt mich wünschen, ich hätte welche."

„Ja, ich habe mich immer gesegnet gefühlt." Es war

wahr. Sie schwiegen die letzten Meilen, und er war traurig, dass er sich nicht erlauben konnte, sie zu küssen, ganz gleich, wie sehr er es wollte.

Als er den Truck anhielt, löste sie ihren Sicherheitsgurt und drehte sich dann zu ihm um. Seine Brust zog sich zusammen und alles, was er tun wollte, war, sie an sich zu ziehen.

„Austin, ich muss mit dir reden, bevor ich reingehe."

Er erstarrte, als er ihre Stimme hörte. „Sicher. Stimmt was nicht?"

Sie benetzte ihre Lippen. „Die Mädchen haben mir von der wundervollen Art und Weise erzählt, wie sie deine Brüder kennengelernt haben. Drei haben gesagt, dass sie die erste Person waren, die deine Brüder gesehen haben, nachdem sie das Strumpfband gefangen hatten. Obwohl Ellie Bret nicht so kennengelernt hat, war sie so begeistert, dass es bei allen anderen so war. Es ist romantisch, das muss ich zugeben."

Er sollte sie unterbrechen, doch er konnte nicht. Er musste hören, was sie dachte.

Sie befeuchtete erneut ihre zitternden Lippen. „Ich

weiß, dass ich die Erste war, die du gesehen hast, nachdem du das Strumpfband gefangen hast. Ich hoffe, du denkst – oder schlimmer: hoffst – nicht, dass das mit uns passiert. Nein, lass mich ausreden", sagte sie, als er den Mund aufmachte. „Schau, bevor ich nach Hause gezogen bin, um bei Mom und Dad zu leben, kurz bevor sie getötet wurden, war ich mit einem Mann zusammen. Er schien sympathisch zu sein, und ich habe schnell angefangen, mich in ihn zu verlieben, nachdem wir auf ein paar Dates gegangen sind und ich in meiner Küche für ihn gekocht habe. Eines Abends musste ich länger bei der Arbeit bleiben, und er hatte mich um einen Schlüssel gebeten, damit er in meine Wohnung gehen und Abendessen für mich kochen konnte. Ich habe nicht gezögert, weil ich dachte, er wäre ein toller Kerl. Als ich eine Stunde zu spät nach Hause kam, wurde ich eines Besseren belehrt. Wir hatten einmal meinen Computer benutzt, und er hat zugesehen, wie ich mich eingeloggt habe. So lächerlich es auch von mir war, er hat gesehen, dass meine am häufigsten verwendeten Passwörter gespeichert waren und automatisch eingefügt wurden, wenn ich mich irgendwo eingeloggt habe. Es ist nicht so, dass ich es ihm gesagt habe, aber er hat neben mir gesessen und gesehen, wie ich mich in mein Bankkonto eingeloggt habe, um eine Rechnung zu bezahlen. Ich habe nie darüber nachgedacht. Doch an diesem Abend, als er nicht da war und die paar Schmuckstücke, die er mir geschenkt hatte, aus meiner Schmuckschatulle gefehlt hatten, fiel mir plötzlich ein, dass er meine Log-in-Informationen gesehen hatte, als ich mich an meinem Computer angemeldet habe. Ich habe sofort meinen Computer hochgefahren und entdeckt, dass mein Bankkonto leer war. Alles, was ich hatte, alles, was auf meinem Girokonto und dem Sparkonto war, er hat alles abgeräumt. Keine große Summe, aber es waren meine Ersparnisse, die ich bald besser investieren wollte, und er wusste es. Wie auch immer, ich war so geschockt und habe mich so lächerlich gefühlt, weil ich ihm vertraut hatte, dass ich nach Hause gezogen bin. Und habe meinen armen Eltern erzählt, wie dumm ich war. Sie haben mir so gut zugeredet, mir gesagt, ich würde wieder auf die Beine kommen, und dann ist der Unfall passiert. Ich habe alles gebraucht, was sie besaßen, um ihre Krankenhausrechnungen zu bezahlen. Sie waren keine vermögenden Leute, aber stolz darauf, dass sie ihre Rechnungen bezahlen konnten. Sie hatten irgendwann eine Hypothek aufgenommen, und nachdem ich das Haus verkauft hatte, blieb mir nicht viel Geld übrig, um die Rechnungen zu begleichen, die die Versicherung nicht bezahlt hatte. Ich habe alles verkauft, was ich aus dem Haus verkaufen konnte, und alles bezahlt.

„Das tut mir so leid", sagte er, auch wenn sie wollte, dass er schwieg.

„Und dann bin ich in mein Auto gestiegen, losgefahren und hier gelandet."

Er streckte die Hand aus und legte sie an ihre Wange, obwohl er sie viel lieber in seine Arme ziehen wollte. „Du hast so viel durchgemacht. So wie es sich anhört, wären deine Eltern stolz darauf, dass du dafür gesorgt hast, dass ihre Schulden bezahlt worden sind. Aber dieser Abschaum, der dein Geld gestohlen hat – wurde er nicht geschnappt?"

„Er ist verschwunden, und die Polizei vermutet, dass ich kein Einzelfall war und er falsche Identitäten benutzt hat, um Frauen zu bestehlen. Er wusste, wie man verschwindet."

„Das macht mich schrecklich wütend."

Sie nahm seine Hand. „Bitte, ich habe dir das nicht erzählt, um dich wütend zu machen. Ich habe es erzählt, damit du verstehst, warum ich so dankbar für unsere Freundschaft bin, aber gegen jegliche Anziehung, die ich empfinde, ankämpfe. Eine Frau kann sich leicht in dich verlieben, aber ich kann das einfach nicht zulassen. Nach allem, was ich durchgemacht habe, nachdem ich die verloren habe, die ich geliebt habe, und von jemandem ausgenutzt wurde, in den ich mich verliebt hatte, suche ich nicht nach Liebe und einer Beziehung. Ich will nur Freundschaft."

Er wusste in diesem Moment, dass er an weit mehr als nur Freundschaft interessiert war, aber darauf zu drängen würde nichts bringen, außer ihr wehzutun, nach allem, was sie durchgemacht hatte. Oder sie ganz vergraulen. Und das wollte er nicht. Er musste einfach weiter für sie da sein.

Er berührte sanft ihren Arm. „Ich bin für dich da. Ich mag dich sehr, aber ich werde dich nicht unter Druck setzen. Stattdessen will ich für dich da sein und dir helfen, dein Leben  zu leben und die Trauer über den Verlust deiner Eltern und die Wut auf diesen Idioten zu überwinden. Ich bin und bleibe dein Freund. Okay?"

Sie blinzelte heftig, und er sah Feuchtigkeit in ihren Augen, als sie nickte. „Du bist ein ganz besonderer Mann. Und eines Tages wird sich eine Frau glücklich schätzen dürfen, wenn du dich in sie verliebst. Es war ein wirklich schöner Abend. Gute Nacht." Und dann öffnete sie ihre Tür und stieg aus. „Ich komme schon klar, steig' bitte nicht aus."

Er saß da und wollte sie in keiner Weise drängen. „Okay. Wir sehen uns am Montag."

„Ja." Und dann schloss sie die Tür und ging in ihre Wohnung.

Er liebte sie. Jetzt konnte er es nicht mehr leugnen.

Er liebte sie, und er wollte dem Kerl den Hals umdrehen, der ihr so viel genommen hatte, einschließlich ihrer Fähigkeit, ihrem Herzen zu vertrauen, wieder zu lieben.

# KAPITEL ZEHN

Am Montagmorgen arbeitete Tess an ihrem Schreibtisch und versuchte, ihren Job zu erledigen und nicht daran zu denken, dass sie Austin sagen wollte, dass sie einen schrecklichen Fehler gemacht hatte, als sie ihn nach dem Abendessen auf der Ranch weggestoßen hatte. Aber sie würde sich das nicht erlauben, weil sie nicht bereit war, sich noch einmal zu verlieben, und besonders in Austin, von dem sie glaubte, dass er jemanden verdient hatte, der besser war als sie.

Also konzentrierte sie sich auf die Patientenakten, und Ramona kümmerte sich um die Anrufe und die Patienten, die hereinkamen, also hatte sie keine Zeit, sie zu fragen, was los war. Ramona war gut in ihrem Job. Sie konnte Patienten ansehen und wusste, dass sie krank waren; und sie konnte Tess ansehen und wusste, dass sie wegen irgendetwas aufgewühlt war.

Glücklicherweise war Austin heute sehr beschäftigt und hatte nicht einmal Zeit für ein Mittagessen. Aber als der letzte Patient gegangen war, kam er in den Verwaltungsbereich und lehnte sich an Ramonas Schreibtisch. Kimberly kam mit ihrer Handtasche vorbei und wollte gerade gehen, um ihre Tochter abzuholen.

„Okay, Ladys, es war ein arbeitsreicher Tag. Ich wollte euch nur danke sagen, dass ihr so hart gearbeitet habt. Tess, Ramona hat mir gesagt, dass du ihr mit dem Telefon und bei der Terminvereinbarung geholfen hast, also danke dafür. Ihr wart heute alle großartig. Jetzt, wo ich ein bisschen früher, als ich dachte, auf die neue Ranch näher an der Praxis umgezogen bin, möchte ich da draußen eine Angelparty für alle Patienten und ihre Familien und euch und eure Familien veranstalten. Es wird noch ein paar Tage dauern, bis alles fertig ist, aber wenn ihr diese Woche die Einladungskarten verschicken könntet, hätten alle genügend Zeit, zuzusagen oder abzusagen. Was denkt ihr?"

Tess war erstaunt. „Das ist eine großartige Idee. Ich

kann Adressetiketten ausdrucken, und ich weiß, dass Ramona und Kimberly keine Zeit haben, also kann ich die Einladung vorbereiten und deine Zustimmung einholen, bevor ich sie verschicke. Ist das okay für euch?"

„Ja." Ramona trat zu ihr und umarmte sie. „Du bist ein wahrgewordener Traum."

Tess umarmte die ältere Frau, die ihre Freundin geworden war. „Du auch."

„Du wirst das ganz großartig machen", sagte Kimberly. „Und Austin, wir werden auf jeden Fall da sein, aber ich muss jetzt los. Bis morgen allerseits."

„Bis morgen!", rief Tess.

„Danke, dass du mir heute geholfen hast", sagte Austin, als Kimberly den Flur entlang und zur Hintertür hinauseilte. „Und danke, Tess. Ich bin ganz Kimberlys Meinung. Du wirst das großartig machen. Ich weiß deine Hilfe zu schätzen."

„Gerne, sicher. Ich helfe gerne, es zu tun. Schließlich arbeite ich für dich." Sie lächelte, froh, dass sie einen Grund hatte, ihm zu helfen, doch sie würde alles für diesen Mann tun. Auch wenn sie wusste, dass sie sich zurückhalten musste.

„Ihr zwei seid ein tolles Team." Ramona lächelte, als sie aufstand und ihre Handtasche nahm. „Bis morgen."

Sie verabschiedeten sich von ihr, und dann sah Austin Tess an. „Danke, dass du das machst."

Sie hielt seinem Blick stand. „Das ist, was Freunde füreinander tun. Wenn du sonst noch irgendwas brauchst, lass' es mich wissen, und ich helfe dir."

„Das werde ich. Und jetzt geh nach Hause. Morgen ist auch noch ein Tag."

Das war eine gute Ausrede, um zu gehen, weit weg von ihm. Sie bemühte sich sehr, eine Freundin zu sein, doch ihre Gedanken wanderten immer wieder zu der Erkenntnis, wie gut er aussah, wie wunderbar er war und wie sehr sie sich wünschte, sie wäre mutig genug, mehr zu riskieren.

* * *

Austin rief Cole auf dem Nachhauseweg an und erzählte ihm von der Party und dass er sie alle einladen wollte und sie bald alle anrufen würde, um ihren Input zu Ideen einzuholen, damit die Angelparty zu einem gelungenen Event wurde.

„Das ist eine tolle Idee. Deine Patienten werden es lieben", sagte Cole. „Was ist mit Essen? Hast du was geplant? Ich bin sicher, Tulip, Rita und Ellie würden gerne helfen. Aber bei Hanna und ihrem Notdienstplan weiß man nie, inwieweit sie mitmachen kann."

„Du hast genau das gesagt, was ich hören wollte, weil ich sie sowieso anrufen wollte. Ich bezahle sie auch für ihre Hilfe."

„Darüber musst du mit ihnen reden. Wie ich sie kenne, werden sie wollen, dass das ein Familiending wird, aber macht ihr das unter euch aus. Wenn du willst, kann ich gerne den Kindern zeigen, wie man fischt."

Austin lächelte vor sich hin. „Großartig. Kannst du Tulip sagen, dass sie mich anrufen soll? Wir sprechen später."

„Hey, warte. Ich weiß, du bist kaum eingezogen, aber wie gefällt es dir da draußen?"

„So weit, so gut. Ich gewöhne mich gerade ein, aber um ehrlich zu sein, ist es seltsam, nicht am Haupthaus vorbeizufahren und kurz reinzugehen und zu reden."

„Du weißt, du bist immer willkommen. Und wenn du einsam bist, musst du dich nur ernsthaft ins Daten stürzen."

Er runzelte die Stirn, als er in seine Auffahrt einbog und auf das Haus zufuhr. „Ich dachte nicht, dass ich dafür bereit wäre, aber in letzter Zeit habe ich darüber nachgedacht."

„Hat das vielleicht was mit Tess zu tun? Ihr beide wart neulich beim Abendessen großartig zusammen."

„Ehrlich gesagt, ja, aber sie ist nicht bereit dafür. Sie hat den Tod ihrer Eltern durchgemacht und außerdem noch ein –" Er hielt inne, als ihm klar wurde, dass das wahrscheinlich etwas war, worüber sie nicht sprach.

„Unangenehmes Beziehungsende?"

„Wie weißt du davon?"

„Sie hat es den Mädels beim Grillen erzählt, als sie alle in der Küche waren."

Und ihm gerade erst davon erzählt? Er versuchte, sich nicht von dem Gedanken stören zu lassen, aber es war schwer. „Der Typ hat sie ausgetrickst, ihre

Ersparnisse und ihr Bankkonto geplündert und sie mit nichts sitzen gelassen." Er war froh, jemanden zu haben, mit dem er darüber reden konnte.

„Wow, das hat der Typ getan? Tulip sagte nur, Tess habe ihnen erzählt, dass ihre letzte Beziehung ziemlich unangenehm zu Ende gegangen ist. Aber du sagst, der Typ hat sie abgezockt?"

Sie war bei den anderen also nicht ins Detailgegangen. „Oh, vielleicht wollte sie doch nicht, dass alle es wissen. Ich dachte, sie hätte es ihnen gesagt. Aber ja, der Typ war mit ihr zusammen und hat dann ihr Konto geplündert. Deshalb hat sie bei ihren Eltern gelebt, als die diesen Unfall hatten und ums Leben gekommen sind. Ich hoffe, du kannst das für dich behalten. Sie ist irgendwie verloren nach allem, was passiert ist. Sie ist einfach losgefahren, um all dem Schmerz zu entkommen, und ist hier gelandet. Ich will ihr nicht noch mehr wehtun."

„Ich behalte es für mich. Aber wenn Tulip davon wüsste, könnte sie ihr vielleicht helfen."

„Ich möchte nicht, dass sie denkt, ich hätte ihr Vertrauen gebrochen. Tut mir leid."

„Ich versteh' schon. Wenn sie oft genug zusammen sind, wird sie vielleicht mit den Mädels darüber sprechen, und sie können zumindest zuhören und ihr Mut machen."

„Das wäre möglicherweise eine gute Idee. Ich werde ihr sagen, dass sie an der Speisekarte arbeiten und mir hoffentlich beim Einrichten helfen kann, und fragen, ob sie mithelfen will."

„Klingt gut. Aber sag, haben sie den Kerl erwischt?"

„Nein, soweit ich weiß, ist er immer noch da draußen. Er hat wahrscheinlich schon sein nächstes Opfer am Haken. Niemand weiß, wie viele Frauen er bestohlen hat. Vielleicht werde ich mich näher damit befassen."

„Lass mich wissen, wenn ich helfen kann."

„Danke, das werde ich. Ok, wir reden später."

Er beendete das Gespräch, stieg aus dem Truck und schloss die Tür. Er stand da, mit den Gedanken bei Tess, während er den Blick über die Wiesen mit den weidenden Kühen schweifen ließ. Es war ein friedlicher Anblick, doch er empfand keinen Frieden. Er brauchte

Geduld, und sie brauchte Zeit; er wollte sie ihr geben, während er ein paar Nachforschungen über diesen Idioten anstellte, der ihr Geld und ihr Vertrauen geraubt hatte.

Er betrat das Haus und ging in das Zimmer, das jetzt sein Büro war. Er setzte sich an den Schreibtisch und schaltete seinen Computer ein. Sie hatte in Houston gelebt, als der Typ sie bestohlen hatte, und das war der Ort, an dem er nach anderen suchen würde, die möglicherweise demselben Betrüger zum Opfer gefallen waren.

# KAPITEL ELF

In der folgenden Woche planten sie die Party. Tess war beeindruckt, wie Austins Familie eingesprungen war, um ihm zu helfen, eine tolle Party für seine neuen Patienten auf die Beine zu stellen. Sie war wirklich beeindruckt von seiner Familie. Seine Schwägerin Tulip hatte am Sonntag angerufen, um ihr mitzuteilen, dass sie – die Frauen – für das Essen und die Erfrischungen zuständig seien. Sie wollte ihre Meinung hören; sie würden sich an einem Nachmittag an die Arbeit machen, falls sie rauskommen und mithelfen wollte. Und das tat sie und genoss ihre Zeit mit all den Mädels.

Als sie heute Morgen zur Arbeit zurückkehrte, hatte sie versucht, nur als Freund über Austin zu denken, aber in Wahrheit war sie nicht nur verrückt nach ihm – jetzt war sie verrückt nach seiner Familie. Als ihr Blick direkt nach ihrer Ankunft Austins traf, wollte sie ihm noch einmal sagen, dass sie einen schrecklichen Fehler gemacht hatte, als sie ihn weggestoßen hatte. Aber sie ließ es nicht zu.

„Guten Morgen", sagte er. „Hast du einen Moment?"

„Du bist mein Boss, also habe ich natürlich Zeit für dich." Sie schenkte ihm ein Lächeln und ermahnte ihren Puls, er solle aufhören, verrücktzuspielen.

Austin betrat sein Büro, und sie folgte ihm. Zu ihrer Überraschung schloss er die Tür – und sie blieb wie angewurzelt mitten im Raum stellen. Worüber wollte er mit ihr reden, dass er die Tür hinter ihr schloss?

„Bitte setz' dich." Er deutete auf den Stuhl, als er um den Schreibtisch herumging und sich auf seinen Stuhl setzte. „Ich weiß es wirklich zu schätzen, dass du bei der Party am kommenden Wochenende hilfst."

„Ich habe dir schon gesagt, dass ich das gerne tue. Ganz besonders nach allem, was du getan hast, um mir zu helfen. Soll ich mich um irgendwas Bestimmtes kümmern?" Der Ausdruck auf seinem Gesicht war ernst. „Stimmt was nicht?"

„Nein. Na ja, ich habe ein bisschen wegen des Geldes herumrecherchiert, das dir gestohlen wurde."

Seine Worte machten sie fassungslos. „Warum?", keuchte sie.

„Weil du mir wichtig bist und er dich bestohlen hat. Und das passiert vielen Frauen. Ich habe viele Informationen über eine ganze Reihe von Männern gefunden, die Frauen online auf den Dating-Sites finden und dann bestehlen. Hast du diesen Mann so kennengelernt?"

„Nein. Warum hast du das getan?" Sie stand auf, ihr Magen rebellierte. „Ich komme mir schon dumm genug vor. Ich habe keine Ahnung, warum ich euch allen überhaupt was darüber erzählt habe. Es kam einfach heraus, während ich mit den Mädels gesprochen habe, und dann musste ich es dir sagen, bevor sie es ausgeplaudert hätten. Es war nicht so, dass du anfangen solltest, dich damit zu beschäftigen." Sie zitterte, sie war so aufgewühlt.

Er war sofort an ihrer Seite. Er griff sanft nach ihren Schultern. „Tess, ich wollte dich nicht verärgern. Ich versuche nur, dir zu helfen."

Sie blinzelte heftig und bemühte sich, nicht zu weinen. „Und ich versuche, es zu vergessen. Ich hätte niemandem etwas davon sagen sollen. Und jetzt mischst du dich ein."

Er drückte beruhigend ihre Schultern. „Nur, weil ich dir helfen und dafür sorgen will, dass es dir gutgeht. Wenn dieser Typ das getan hat, wer weiß, was er sonst noch tun könnte? Du musst mir vertrauen und dir von mir helfen lassen."

Daran hatte Tess nicht gedacht. Sie war geschockt gewesen, dass er all ihr Geld gestohlen hatte, an das er über ihren Onlinezugang zu ihren Bankkonten gelangt war. Als sie Austin ansah, wusste sie, dass er ein wunderbarer Mann war. Aber ihm als Boss und Freund zu vertrauen, war etwas anderes, als sich ihrem Herzen jemals wieder zu erlauben, einen Mann zu lieben. *Aber er versucht dir zu helfen.* Die Worte hallten durch sie, und sie beruhigte sich ein wenig.

Sie holte tief Luft und atmete langsam aus, während ihre Gedanken kreisten. „Ich vertraue dir. Es war einfach so dumm von mir, dass ich ihm vertraut habe. Du bist anders. Du warst so gut zu mir, dass es schrecklich wäre, wenn ich dir nicht vertrauen würde. Er war großartig zu mir, aber er hat seine Vergangenheit für sich behalten und gesagt, dass er eine schreckliche Kindheit gehabt und es geschafft habe, darüber hinwegzukommen, und das bedeutete, mit niemandem darüber zu reden. Es hat mir leidgetan für ihn, aber ich wollte auch für ihn da sein. Er hatte kürzlich seinen Job verloren, als die Firma, für die er arbeitete, dichtgemacht hat. Er hatte Geld, das hat er zumindest gesagt, also hatte er keine Eile und wollte warten, bis er den richtigen Job gefunden hatte."

„Und wie hast du ihn kennengelernt?"

„Er war bei einem Firmenmeeting für Kunden. Er ist gekommen, obwohl seine Firma gerade pleitegegangen war." Sie wandte den Blick ab. „Später habe ich erfahren, dass er nicht wirklich für dieses Unternehmen gearbeitet hatte, sondern es nur benutzt hat, um mich kennenzulernen. Ich glaube, er hat mich beobachtet und muss gedacht haben, ich wäre ein gutes Ziel. Und irgendwie wusste er, dass ich Ersparnisse hatte, an die er irgendwann rankommen könnte, wenn er mit mir zusammen wäre. Frag' mich nicht, woher er das wusste, aber ich bin es immer wieder durchgegangen, und das ist alles, was mir dazu einfällt." Schmerz durchzuckte sie bei dem Gedanken, wie gut er alles geplant hatte, um in ihr Leben einzudringen und ihre Ersparnisse zu stehlen.

„Du hast wahrscheinlich recht."

„Und ich habe viel über andere Fälle gelesen und bin zu der Erkenntnis gekommen, dass ich mein Geld wahrscheinlich nie zurückbekommen werde. Und als ich mit der Polizei gesprochen habe, haben sie mir gesagt, es sei keine gute Idee gewesen, Nick meine Konten sehen zu lassen. Das wusste ich, aber er ist eines Abends gekommen, und ich habe gerade Rechnungen bezahlt, und er hat den Namen meiner Bank gesehen und wahrscheinlich festgestellt, dass mein Passwort auf meinem Computer gespeichert war."

Es klopfte an der Tür. „Doc", sagte Kimberly. „Der erste Patient ist hier. Ich bin ihre Akte durchgegangen und habe ihr gesagt, dass sie als Nächstes dran ist. Ich dachte, ich lass' es dich wissen."

„Danke. Ich komme sofort. Tut mir leid", sagte er zu ihr.

Tess trat aus seinem Griff zurück. „Ich werde mich auch an die Arbeit machen."

„Tess, bitte, können wir dieses Gespräch später fortsetzen?"

„Sicher, aber ich denke trotzdem, dass es keinen Sinn hat, nach ihm zu suchen. Wir reden später." Sie drehte sich um und ging zur Tür hinaus. Sie war sich nicht einmal sicher, ob sie verärgert sein sollte, dass er in ihrer Vergangenheit wühlte, um zu versuchen, ihr zu helfen, oder ob sie dafür dankbar sein sollte.

Sie eilte den Flur entlang und in den Empfangsbereich und versuchte, sich auf ihre Arbeit zu konzentrieren und nicht auf Austins Worte.

„Geht's dir gut?", fragte Ramona und wandte sich von ihrem Computer ab. „Du siehst aufgewühlt aus."

„Mir geht's gut. Ich … bereite mich nur auf den großen Tag am Samstag vor", log sie, und als sie die echte Sorge im Gesichtsausdruck ihrer Kollegin sah, kam sie sich dumm vor.

„Hör' auf, dir Sorgen zu machen. Du und die wundervollen Tanner-Frauen werdet das schaffen und Austin stolz und seine Patienten glücklich machen. Du und Austin seid ein tolles Team, finde ich. Er hat nach der Hochzeit dein Handgelenk gerichtet und dir einen Job gegeben, und wir haben eine wunderbare Freundin und Helferin für die Praxis gewonnen. Du bist wunderbar. Dieses Wochenende wird fantastisch." Die Augen der Frau funkelten voller Zuversicht.

„Danke. Das hoffe ich."

Ramona zog eine Augenbraue hoch. „Und vielleicht werdet ihr zwei euch auch amüsieren, wenn ihr das zusammen durchzieht." Sie lächelte und drehte sich um, um das Fenster zu öffnen und einen Patienten zu begrüßen.

Tess wandte sich ab und ließ sich auf ihren Stuhl nieder. Waren ihre Gefühle für Austin so offensichtlich? Wahrscheinlich, denn Ramona sah absolut begeistert aus.

Sie verließ die Praxis früh und behauptete, sie müsse noch ein paar Dinge für die Party erledigen. Es stimmte, aber sie musste dafür nicht wirklich früher gehen; sie wollte nur gehen, bevor Austin sie noch einmal wegen Nick ansprechen konnte, den Mann, an den sie am liebsten nie wieder denken wollte. Sie wollte ihn einfach vergessen und so tun, als hätte sie sich nie betrügen lassen.

* * *

Austin fuhr in Tess' Auffahrt, sah aber, dass ihr Auto nicht da war. Sie hatte sich früh von der Arbeit verabschiedet, um ihm aus dem Weg zu gehen, da war er sich sicher. Und jetzt, da sie wusste, dass er hierherkommen würde, ging sie ihm weiter aus dem Weg. Nahm er sich zu viel heraus? Sie wollte den Abschaum nicht finden. Das hatte ihn wirklich gestört. Sollte sie ihn nicht für das, was er getan hatte, ins Gefängnis bringen wollen? Er hatte das Gefühl, dass der Mann dasselbe auch anderen angetan hatte, wie die Männer, über die er im Internet gelesen hatte. Dieser eine Typ hatte eine ganze Menge Frauen ins Armenhaus gebracht, bevor er schließlich gefasst wurde. Das aber nur, weil einige der Frauen geholfen hatten, ihn dingfest zu machen. Doch er wusste auch, dass sie dafür Zeit aufgewendet hatten, die sie gebraucht hätten, um darüber hinwegzukommen und ihr Leben weiterzuleben. War es also ein Fehler gewesen, als er versucht hatte, Tess dazu zu bringen, ihn diesen Mann jagen zu lassen?

Er hatte Geld. Seine Familie war durch den Ölfund auf ihrer Ranch reich geworden; er musste nicht einmal als Arzt arbeiten, um Geld zu verdienen, doch es war das, was er mit seinem Leben anfangen wollte. Wenn sie sich jedoch wirklich nicht an der Jagd auf diesen Typen beteiligen wollte, dann könnte sie es ihm übel nehmen. Er war in einer Zwickmühle. Er wollte alles tun, damit sich Tess in ihn verliebte, weil er sie so sehr liebte. Er hatte es sich selbst eingestanden, und es gab kein Zurück mehr.

Er rollte rückwärts aus der Einfahrt und fuhr nach Hause. Darüber musste er nachdenken. Vielleicht mit seinen Brüdern reden. Doch das könnte sie zu sehr unter Druck setzen und Tess einen weiteren Grund geben, ihn nicht weiter in ihr Leben zu lassen.

Das Letzte, womit er gerechnet hatte, als er nach Hause kam, war, dass seine Brüder Feuerholz abluden, das sie für die Lagerfeuer zum Marshmallow-Rösten benutzen wollten. Und es sah aus, als hätten sie lange, dicke Baumstämme für Sitzgelegenheiten um die Lagerfeuer herum platziert. Er stellte den Truck ab, stieg aus und machte sich auf den Weg, mehr als froh, dass ihn etwas von seinen Sorgen ablenkte.

„Perfektes Timing!", rief Bret. „Sieht es so aus, wie du es dir vorgestellt hast?"

„Es sieht großartig aus. Ich hatte keine Ahnung, dass ihr heute schon alles bringt."

Cole kam herüber und legte Austin seine Hand auf die Schulter. „Wir wussten, dass du dich um deine Patienten kümmern musst, also wollten wir dich nicht damit belästigen."

„Richtig", stimmte Levi ein. „Wir dachten, dass wir noch hier sein würden, wenn du nach Hause kommst, damit wir sicher sein können, dass wir es dort aufbauen, wo du es haben willst."

Levi legte die beiden Feuerscheite, die er noch immer in der Hand hielt, auf die Feuerstelle. „Also, was denkst du über die Feuerstellen?"

Er blickte von einer Feuerstelle zur anderen. „Sie sind großartig. Nah beisammen, aber nicht zu nah, und es lässt den Bereich links offen, falls jemand ein bisschen Fußball spielen will, und dann den See zum Angeln. Und Reiten da drüben. Hast du ein paar deiner Leute gefragt, ob sie das Reiten für den Abend begleiten können?" Er sah Cole an.

„Ja, einige meiner Jungs werden das machen und auf die Kinder aufpassen."

„Hört sich gut an. Meine Patienten haben ihre Einladungen bekommen und freuen sich darauf, rauszukommen."

„Großartig", sagte Cole. „Ich bin froh, dir helfen zu können, und es ist perfekt für diesen neuen Teil der Ranch. Und für dich. Auch die Mädels sind begeistert. Tulip sagt, dass es allen Spaß macht, das mit Tess zu planen. Sie gehen heute Abend zusammen einkaufen, besorgen Dekoration und Partyartikel, die den Kindern gefallen werden, wie Seifenblasen und Naschereien, und dann wollen sie zusammen essen, bevor sie nach Hause fahren."

Da war sie also. „Sie haben alle wahnsinnig geholfen. Und ich bin froh, dass sie sich so gut mit Tess verstehen."

Jake grinste. „Wie verstehst du dich mit ihr?"

Die Augen aller durchbohrten ihn. „Ich mag sie sehr. Aber sie hat viel durchgemacht, und ich kann sie nicht einfach in eine Romanze drängen, wenn sie immer noch nicht über den Verlust ihrer Eltern hinweg ist."

„Du bist für sie da." Levis Augen wurden weicher. „Ich verstehe das vollkommen, denn ich werde nie vergessen, wie ich Rita dabei geholfen habe, wieder ins Leben zu starten. Du machst es gut. Halt' durch."

Levis Worte trafen ihn tief ins Herz. „Das habe ich wirklich gerade gebraucht", sagte Austin mit einem Seufzer.

„Mach langsam, hab Geduld, und es wird passieren, wenn sie bereit ist", sagte Cole. „Okay, Leute, lasst uns nach Hause zurückfahren. Und du ruf' an, wenn du irgendwas brauchst."

Austin sah zu, wie sie in die beiden Trucks einstiegen, mit denen sie gekommen waren. Er winkte, als sie davonfuhren, und dann stieg er in seinen Truck und fuhr die kurze Strecke zu seinem Haus. Das Gelände war so weitläufig, dass er einen Toilettentrailer mit einer Herren- und einer Damentoilette gemietet hatte, damit die Gäste nicht die Entfernung vom See zum Haus gehen mussten, um sich zu erleichtern. Er würde am Freitagmorgen geliefert werden, ebenso wie die Tische und Stühle und das Zelt, das als Sonnenschutz dienen sollte, falls es zu heiß wurde. Als er am Haus anhielt, war er in Gedanken alles durchgegangen. Er glaubte, dass alles bereit war. Es würde ein schöner Tag werden.

Als er sein Haus betrat, versuchte er, sich auf die positiven Gedanken über die Party zu konzentrieren. Doch als er ein Glas mit Eiswürfeln und dann mit Wasser füllte, waren seine Gedanken bei Tess. Er fragte sich, wie sie mit allem klarkam, nachdem er ihre Gefühle mit dem Graben in ihrer Vergangenheit aufgerüttelt hatte.

Es sollte ein großartiges Wochenende werden, und jetzt war er sich nicht sicher, wie er und Tess damit umgehen würden, falls er ein Hindernis zwischen ihnen geschaffen hatte.

# KAPITEL ZWÖLF

Am Samstagmorgen war alles bereit für den Partytag. Seine Familie kam früh rüber, um dafür zu sorgen, dass alles an seinem Platz war. Es sah toll aus.

„Deine Patienten werden sich wunderbar amüsieren", sagte sie, als sie alle beieinanderstanden, bevor die Gäste kamen.

Er lächelte und sah sich in der Gruppe um. „Das habe ich euch und allen zu verdanken, die hier stehen. Ich muss und will euch für alles danken, was ihr getan habt. Und was ihr heute noch tun werdet, damit meine Patienten Spaß haben. Es ist quasi mein offizielles Fest für meinen Neuanfang als Gemeindearzt. Damit ich meine Patienten und ihre Familien kennenlernen kann, bevor ich sie in meiner Praxis behandle."

„Wir wussten immer, dass du ein großartiger Arzt sein wirst", sagte Bret. „Ich kann mich noch gut daran erinnern, als wir Kinder waren und angefangen haben, auf dem Rücken größerer Kälber zu reiten. Wenn wir von unserem bockenden Kalb gefallen sind, bist du angerannt gekommen, um uns aufzuhelfen und zu sehen, dass es uns auch wirklich gut geht."

Tess sah gut gelaunt zu, wie alle seine Brüder Geschichten über Austins Kindheit hinzufügten und erzählten, dass er schon früh gewusst hatte, dass er Arzt werden wollte. Sie hatte vor, ihm später zu sagen, vielleicht nachdem der Tag zu Ende war - ja, er sollte ein Arzt sein, kein Ermittler, der versuchte, einen Trickbetrüger zu finden, der sie bestohlen hatte und wahrscheinlich noch viele andere. Seine Aufgabe war es, kranken Menschen zu helfen, gesund zu werden, und nicht ihren Fehler zu korrigieren, den sie in der Vergangenheit lassen wollte. Lektion gelernt. Das war eines der letzten Dinge gewesen, die ihr Dad vor seinem Tod zu ihr gesagt hatte. Und sie hatte vor, auf ihn zu hören.

Sie hatte Jeansshorts und ein rotes Tanktop für den

Tag ausgegraben. Und ein Paar weiße Turnschuhe, die nicht lange weiß bleiben würden, wenn sie dem schlammigen Bereich am Ufer des Sees zu nahe käme. Sie würde diesen Bereich Austin und seinen Brüdern und den Kindern und deren Familien überlassen. Sie würde bei den Erfrischungen und den Ballspielen bleiben, falls jemand spielen wollte.

In diesem Moment begannen Autos vorzufahren, sodass sie vorerst Abstand halten konnte. Doch dann rief er ihren Namen und sie drehte sich um, um zu sehen, was er wollte. Er ging zielstrebig auf sie zu. Als sich ihre Blicke begegneten, lächelte er und jagte einen Schauer der Sehnsucht durch sie hindurch. Sie konnte nicht sprechen.

Er blieb vor ihr stehen. „Ich will dir für alles danken, was du getan hast, und ich muss mich bei dir entschuldigen. Es tut mir leid, dass ich in deine Vergangenheit eingedrungen bin. Bitte nimm mir das nicht übel."

„Meinst du das wirklich?"

„Ja, es ist deine Sache. Ich habe die Grenze überschritten und erwartet, dass du tust, was ich für richtig halte. Ich habe die ganze Woche gebraucht, um zu verstehen, dass nur du entscheiden kannst, was du von einer Situation erwartest. Also, ich wollte dir das nur sagen, bevor wir heute zu beschäftigt sind.”

Ihr Herz pochte. Sie trat auf ihn zu und umarmte ihn. „Danke.” Sofort zog sie sich zurück. „Jetzt genieß’ den schönen Tag. Ich werde mit den Kindern spielen und meinen Spaß dabei haben.”

„Danke. Vielleicht laufen wir uns im Laufe des Tages über den Weg.” Er grinste.

„Vielleicht”, nickte sie und eilte dann davon zum Erfrischungsbereich, um dort zu helfen. „Das könnte doch ein toller Tag werden”, sagte sie leise zu sich, und ihr Lächeln wurde breiter.

Tess ging zum Buffet und lächelte über alles, was sie für die Kinder geplant hatten. Es gab Cupcakes, verschiedene Kekse und einen Berg aufgeschnittene Wassermelonen. Sie hatte das Gefühl, dass Austin keine Kosten gescheut und alles so gesund wie möglich ausgewählt hatte. Sie stellte sich hinter den Tisch und vergewisserte sich, dass alle Teller und Besteck bereitstanden, und sie sah, dass Rita am Getränketisch dasselbe tat. Es war Zeit für den morgendlichen Imbiss – es war zehn Uhr – und das Mittagessen würde später sein, obwohl sie immer wieder auf diesen Tisch voller köstlich aussehender Leckereien blickte und sich fragte, ob irgendeines der Kinder am Mittagessen interessiert sein würde, wenn sie diesen Tisch hier sahen.

„Das sieht alles wirklich gut aus", rief sie Rita zu.

„Kannst du laut sagen. Ich sabbere förmlich nach diesen Cupcakes."

„Oh, ich denke, es werden welche übrig bleiben. Unterm Tisch ist noch viel mehr."

„Ich hoffe, dass in der Wärme nicht die Sahnehäubchen schmelzen."

„Sie sind in Kühlboxen, um sie frisch zu halten." Sie lächelte, als Rita sofort herüberkam und sich einen Vanille-Cupcake mit himmelblauer Glasur und Mini-Marshmallowdekoration holte.

„Der sieht aus wie ein wunderschöner Himmel an einem sonnigen Tag." Sie biss hinein.

„Genau so haben sie sie beschrieben, als ich sie ausgesucht habe. Du bist gut."

„Nein, du bist gut, weil du etwas ausgesucht hast,

das Kindern und Erwachsenen gefällt."

„Ich war mir nicht sicher, also hast du mich gerade wirklich glücklich gemacht." Tess war sich tatsächlich nicht sicher gewesen, doch jetzt fühlte sie sich besser. Alle Tanner-Frauen hatten Mittagsgerichte, Hamburger und Hot Dogs ausgesucht, von denen sie sicher waren, dass sie allen gefallen würden.

Ritas Miene wurde ernst. „Macht Austin dich glücklich? Ich meine, seid ihr schon zusammen? Oder kämpfst du immer noch gegen die Romanze zwischen euch an?"

„So leicht ist es nicht."

„Ich kann sehen, dass zwischen euch beiden was ist. Wir alle können es sehen, aber irgendetwas hält dich zurück. Du hast uns nichts davon erzählt, was natürlich dein gutes Recht ist. Aber als ich Levi kennengelernt habe, war ich auch in einer sehr schwierigen Situation. Ich hätte weggehen können, aber er hat mir ein Angebot gemacht, das ich nicht ablehnen konnte, und mit seiner Hilfe habe ich mein Leben wieder in die Spur gebracht." Sie lächelte und nickte ihrem Mann Levi zu, der mit ihrem Sohn Toby spielte. „Und das von meinem kleinen

Jungen auch. Also, ich hoffe nur, dass du dir die Chance mit Austin nicht verweigern wirst. Wenn du ihn liebst, und ich habe das Gefühl, dass du das tust, dann gib dem Leben mit ihm eine Chance." Sie streckte die Hand aus und drückte sanft Tess' Unterarm. „Und ich bin da, wenn du mich brauchst."

Tess sah zu, wie sie zu ihrer Familie ging und half, die Angelruten vorzubereiten. Ihr Herz zog sich zusammen angesichts des süßen Familienbilds, das die drei abgaben. Sie hatte sich genau das in ihrem eigenen Leben gewünscht, doch sie hatte Angst, sich dem jemals wieder zu öffnen.

Tess ging vom Desserttisch weg, weil alles so aufgebaut war, dass die Leute sich selbst bedienen konnten, also musste sie nicht immerzu da sein. Sie beobachtete Austin, während er darauf wartete, dass seine Patienten, die auf dem gemähten Rasen parkten, aus ihren Autos stiegen. Die Kinder liefen ihren Eltern voraus und stürzten sich auf ihn und stellten ihm dann Fragen – zumindest nahm sie an, dass sie das taten, da sie auf den See zeigten. Er lächelte, als er ihre Fragen beantwortete und die Eltern begrüßte, dann zeigte er auf die verschiedenen Bereiche für Essen, Spiele und Angeln. Die Familie ging dorthin, wo seine Brüder Angelruten verteilten. Und er würde die nächste Familie auf die gleiche Weise begrüßen, mit einem Lächeln und Umarmungen. Es war offensichtlich, dass es ihm Spaß machte.

Sie war sich sicher, dass er ein ausgezeichneter Notarzt gewesen war, doch das hier passte zu ihm. Er war hervorragend mit allen umgehen: Kindern, Eltern und Großeltern. Er hatte eine bunte Mischung von Patienten, die von seinem früheren Arzt, Dr. Perry, gekommen waren, und sie waren bei Austin geblieben, nachdem sie ihn kennengelernt hatten. Ramona sagte, dass der alte Arzt sicher gewesen war, dass seine Patienten Austin mögen würden und dass sie schnell erkennen würden, dass er ein großartiger Arzt war. Ramona hatte gelächelt und gesagt: „Ein großartiger Arzt ersetzt einen großartigen Arzt." Und Tess glaubte, dass Ramona genau wusste, wovon sie sprach.

Das würde ein wunderschöner Tag werden, und sie war so froh, dass sie hier war.

Zumindest für den Moment. Sie musste ihn nur aus

dieser Entfernung ansehen und wusste, dass sie einige wichtige Entscheidungen zu treffen hatte.

* * *

„Das war ein toller Tag", sagte Cole, als er die Leine des kleinen Jungen einholte, dem er half, während der Vater der kleinen Schwester half, ihren Fisch an Land zu bringen.

Austin lächelte. Er stand neben seinem Bruder und genoss den Tag. Er hatte einem anderen jungen Mann geholfen, der schon gegangen war. Er war begeistert gewesen und nur ungern früh gegangen. Austin freute sich über die Reaktion aller auf den Familientag. Er plante, von jetzt an mindestens einmal im Jahr einen zu veranstalten.

„Es hat mir wirklich gefallen, und es sieht so aus, als ob es allen so geht." Austin blickte hinüber und sah ein kleines Kind, das einen Fisch einholte. Seine Mutter jubelte vor Begeisterung, als der Vater dem glücklichen Jungen half, den Fisch aus dem Wasser zu holen. „Die drei sind ein perfektes Beispiel."

Cole grinste. „Ja, finde ich auch. Es war ein großartiger Tag für alle. Einschließlich deiner fleißigen, unglaublich netten, zuvorkommenden Tess. Sie hat ununterbrochen Leuten geholfen, Essen und Erfrischungen aufgefüllt und viele Spiele mit Kindern gespielt. Was auch immer die Kinder wollten, sie hat nicht aufgehört. Alle Mädels haben gesagt, dass sie unglaublich war."

Austin warf einen Blick zurück zu den Erfrischungstischen und dem Spielbereich. Er hatte sie den ganzen Tag im Auge behalten. Und er schuldete ihr ein riesiges Dankeschön. So wie allen seinen Schwägerinnen und seinen Brüdern. Sie alle hatten dazu beigetragen, dass dieser Tag ein voller Erfolg geworden war. Doch er hatte das Gefühl, Tess etwas ganz Besonderes schuldig zu sein. Er hatte nicht wirklich gewusst, wie sie heute sein würde, doch sie war unglaublich gewesen. So wie sie sich gegenüber den Gästen verhalten hatte, wäre sicher nicht einer darauf gekommen, dass hinter ihren strahlenden Augen und in ihrem Herzen tiefe Trauer um ihre Eltern lag. Oder irgendwelche unangenehmen Gefühle, die dieser Hund von einem Mann hinterlassen hatte, der ihr all ihr Geld gestohlen hatte. Dieser Hund, den er nur mit Mühe aus seinen Gedanken verdrängen konnte. Sie wollte den Mann nicht finden und vor Gericht stellen. Sie wollte vergessen, dass der Typ überhaupt existierte, und ihn aus ihrer Vergangenheit löschen.

Die Wahrheit war, je mehr er darüber nachdachte, desto besser verstand er ihre Beweggründe. Sie wollte nicht mit diesem Trickbetrüger in Verbindung gebracht werden, wollte nicht an diese unangenehme Episode erinnert werden. Wahrscheinlich würde sie, wie so viele Opfer ähnlicher Betrüger, ihr Geld nie zurückbekommen. So ein Typ ging mit einer Frau aus, bis er sie bestehlen konnte. Dann verschwand er und tauchte mit neuem Namen und neuer Identität und neuen Lügen irgendwo anders wieder auf.

„Wirst du dir Tess durch die Lappen gehen lassen?", fragte Cole.

„Das ist nichts, was ich entscheide. Ja, ich liebe sie, aber sie hat viel durchgemacht, und sie muss meine Gefühle erwidern, und wenn sie es tut, muss sie mich genug lieben, um den Schmerz zu verdrängen, den sie mit sich trägt. Und sie muss darauf vertrauen, ein Leben mit mir darin haben zu können. Wie auch immer, ich geh' mir was zu trinken holen. Soll ich dir was mitbringen?"

„Nein. Wenn du zufällig einer gewissen hübschen Lady begegnest, mit der du dich unterhalten kannst, will ich nicht, dass du es unterbrechen musst, damit du mir einen Drink bringen kannst. Geh und lass dir Zeit. Wir reden später", sagte Cole mit sanftem Drängen. „Ich bin sicher, du kriegst das schon hin. Jetzt geh."

Austin holte tief Luft, drehte sich um und ging über die Weide. Er hoffte, dass sein Bruder recht hatte.

Sie räumte gerade den Desserttisch auf, als er dort ankam. Die Desserts waren fast aufgegessen, und er hatte sich gefreut, wie gut die „gesünderen" Desserts angekommen waren.

„Du hast heute tolle Arbeit geleistet."

„Danke." Tess lächelte, als sie zu ihm aufsah. „Alle hatten einen Riesenspaß auf der Party. Und das liegt daran, dass du sie ausgerichtet hast."

„Du und meine Schwägerinnen und meine Brüder haben zu diesem Erfolg beigetragen. Ich bezweifle, dass ich allein etwas annähernd so Großartiges zustande gebracht hätte wie das, was ihr euch ausgedacht habt."

„Danke. Eines der vielen Dinge, die ich über dich sagen kann, ist, dass es dir nichts ausmacht, Erfolge mit anderen zu teilen."

„Ich wäre ein Narr, wenn ich das nicht tun würde."

Ihr Lächeln wurde breiter. „Du hast so gar nichts von einem Narren."

„Willst du spazieren gehen?" Er hoffte wirklich, dass sie ja sagen würde. Sie sah sich um, und er tat es auch. Alle sahen beschäftigt aus.

„Das würde ich gern."

Er ging hinunter zum See, aber nicht zum Ufer. Stattdessen gingen sie im gemähten Gras zwischen den Anglern und dem Erfrischungsbereich spazieren. „Also geht's dir gut?"

„Ja, danke." Sie hielt inne. „Ich bin wirklich froh, dass ich gekommen bin, denn es hat Spaß gemacht."

„Es ist fast Zeit für das Dreibein-Rennen, das Hanna vorgeschlagen hat. Ich dachte, du könntest es mit mir laufen."

Sie starrte ihn an und lächelte dann. „Das wäre

lustig. Wir müssen nur vorsichtig sein und aufpassen, dass ich nicht falle und mir dabei das Handgelenk breche." Sie lächelte und hob ihr frisch verheiltes Handgelenk.

Er lächelte sie an. „Ich verspreche dir, dass ich dich auffangen werde, falls wir fallen. Ich werde auf deine Hände aufpassen."

„Okay, das klingt gut, ich weiß nur nicht ganz, wie du das schaffen willst. Aber ich vertraue dir mal. Doch du darfst dir auch nichts brechen. Was würden all deine Patienten dann tun?"

„Sie müssten sich an meine Vertretung gewöhnen."

„Weißt du, Austin, du bist ein großartiger Arzt, und ich kann mir nicht einmal vorstellen, dass du nicht von Anfang an Hausarzt warst."

Er zuckte mit den Schultern. „Die Idee hatte ich ganz am Anfang mal gehabt. Für mich war es immer dieser spezielle Ort gewesen, um Doc Perry zu helfen. Aber dann habe ich in der Notaufnahme ausgeholfen und war nach dieser ersten Nacht einfach süchtig danach. Ich habe in dieser einen Nacht geholfen, drei Menschen das Leben zu retten. Es war nicht leicht, aber danach konnte ich nicht mehr weg und bin dageblieben. Jetzt ist es fast so, als hätte Doc Perry gespürt, dass es Zeit für mich war, die Richtung zu wechseln. Er wusste, dass es an der Zeit war, und hat mir ein Angebot gemacht, das ich nicht ablehnen konnte. Ich bin froh, dass ich da bin, und ich bin froh, dass du auch da bist." Er schloss für einen Moment die Augen und hoffte, dass er nicht das Falsche gesagt hatte.

Zum Glück hatte er ihr nicht aus Versehen ausgeplaudert, dass er in sie verliebt war. Das durfte er jetzt nicht, und er wusste es. Das würde sie vollkommen aus der Fassung bringen.

„Danke. Ich bin froh, dass ich meinen Teil dazu beitragen kann."

Sie waren stehen geblieben und starrten einander an. Er wollte sie mehr als alles andere in seine Arme ziehen, ihren Körper an seinen gepresst spüren und ihre weichen Lippen auf seinen. Doch er tat es nicht.

# KAPITEL DRIZEHN

Etwa eine halbe Stunde, nachdem Austin und sie einen Spaziergang gemacht hatten, versammelten sich alle zum Dreibeinlauf. Sie trafen sich auf dem Feld, wo sie zuvor mit den Kindern Kickball gespielt hatte. Einer der älteren Männer, ein Patient und Großvater eines der Kinder, wollte mit einer Schreckschusspistole den Startschuss geben. Austin und sie waren jetzt aneinandergebunden.

Er hatte das Seil um ihre Knöchel gewickelt und dann zu ihr aufgeblickt und war grinsend aufgestanden. „Ich lege jetzt meinen Arm um deine Taille, und du schlingst deinen um meine, und dann rennen wir so schnell wir können zur Ziellinie."

Sie lachte und genoss diesen Moment vollkommen, obwohl sie wusste, dass er sie emotional berührte.

„Okay. Ich hoffe, wir können wirklich schnell laufen, denn es gibt viele Leute, die aussehen, als wollten sie gewinnen." Sie ließ den Blick über die Startaufstellung zu seinen Brüdern und ihren süßen Frauen schweifen. Sie lächelten sie alle an und dachten wahrscheinlich dasselbe, dass sie vielleicht von den Kindern und ihren Eltern geschlagen würden, aber dass sie ihre Brüder und ihre Partner schlagen wollten.

„Oh ja, meine Brüder und ich waren als Kinder sehr ehrgeizig. Aber es gibt viele Leute hier draußen, die auch so aussehen, als wollten sie unbedingt gewinnen. Obwohl es meistens Väter und Söhne oder Väter und Töchter und ein paar Mütter sind, die genauso entschlossen aussehen, ihrem Kind zum Sieg zu verhelfen. Aber wir Tanners sind in der Überzahl, darum müssen wir aufpassen. Wir wollen nicht einem Patienten den Sieg abspenstig machen."

Sie lachte. „Ja, ich glaube nicht, dass das ideal wäre."

„Ich weiß nicht. Wenn ich gewinnen würde, würden sie sicher alle glauben, in guten Händen zu sein, weil ich als ihr Arzt genauso zielstrebig und entschlossen bin. Aber ich habe ein paar wirklich schnelle Brüder als Konkurrenz, und wenn eine ihrer Frauen zufällig auch schnell ist, ja, das dürfte es interessant machen. Wie schnell bist du? Wirst du mich hinter dir herziehen?"

„Oh, du brauchst dir keine Sorgen zu machen, dass ich dich hinter mir her schleifen werde. Ich habe das Gefühl, dass du mich mit deinen muskulösen Armen hochheben und über die Ziellinie tragen wirst. Falls du vorhast zu gewinnen."

„Das ist eine ziemlich gute Idee. Das ist eine gute Ausrede für mich, dich fest zu umarmen und hochzuheben … na ja, vielleicht sollte ich die Klappe halten, bevor ich mir Ärger einhandle."

Sie starrten einander an, und sie empfand plötzlich das Bedürfnis, sich auf die Zehenspitzen zu stellen und ihn zu küssen. Doch sie hatte große, große Probleme mit diesem Gedanken.

„Auf die Plätze!", rief der alte Mann mit dem Megaphon.

„Zeit für das Rennen." Austins Arm legte seinen Arm fester um ihre Taille und zog sie noch näher an sich, sodass sie Seite an Seite gedrückt standen. „Bist du bereit?"

Sie sah wieder zu ihm auf. „Gib du das Tempo vor, und ich werde mich bemühen, schrittzuhalten."

Der Mann rief: „Fertig? ... Los!"

Und alle in der Startaufstellung stürzten auf die Ziellinie zu. Einige, bemerkte sie, stolperten und fielen; einige hüpften und schlingerten. Und sie lachte, als sie kurz stolperten. Dann legte Austin seine Hand fester um ihre Hüfte, zog ihre Füße vom Boden hoch und begann schnell neben seinen Brüdern zu laufen, die im Grunde dasselbe taten. Dann strauchelten ein Vater und sein Sohn, die rechts von ihnen rannten, und stolperten gegen sie, wodurch Austin taumelte und sie zu Boden stürzten – sie unter ihm. Doch im Bruchteil einer Sekunde umschlossen seine Arme sie. Er riss seinen Körper herum und zu ihrer Überraschung landete sie auf ihm. Es war eine harte, unsanfte Landung, doch wie er es versprochen hatte, hatte er ihren Sturz abgefedert. Er hatte sein Versprechen gehalten. Der Mann war unglaublich.

„Bist du okay?", fragte er atemlos.

„Ja, dank dir. Wie geht's dir?"

„Kann mich gerade nicht bewegen, aber sobald ich etwas mehr Luft bekomme, geht das schon."

„Oh", keuchte sie. „Lass mich von dir runter, damit du atmen kannst …"

Er hielt sie fest. „Mir geht's großartig." Sein Blick fiel auf ihren Mund und er zog ihren Kopf in der Hoffnung auf einen Kuss ein wenig herunter.

Plötzlich brach Jubel aus und erschreckte sie. Sie riss ihren Kopf hoch und war erstaunt darüber, was sie fast getan hätten. Sie sah, dass alle die Sieger des Rennens bejubelten. „Lass mich aufstehen." Sie wartete nicht auf seinen Protest, sondern rutschte von ihm herunter. Doch sie konnte nicht aufstehen, weil sie immer noch aneinandergefesselt waren, also griff sie nach dem Seil, das ihre Knöchel zusammenhielt. Er setzte sich auf und schob sanft ihre Hände weg, um sie zu befreien. Sie sah ihn an, und er lächelte, bevor er auf das Seil hinabblickte. Ihr Inneres zitterte.

„Wollte dich nicht aus dem Konzept bringen oder wütend machen."

„Das hast du nicht. Ich muss nur meine Gedanken

ordnen."

Ihre Fußgelenke waren jetzt von dem Seil befreit, und er sah sie an. „Ich möchte nur, dass du weißt, dass ich immer für dich da bin und … ich dich mag."

Er hatte „mag" gesagt, doch sie konnte in seinen Augen sehen, dass er mehr für sie empfand und sie sich zusammenreißen musste. „Ich muss beim Aufräumen helfen, denn die Party dürfte jetzt so ziemlich zu Ende sein, oder?"

Er sah erschrocken über ihre Reaktion aus. „Ja, wir räumen hier nur noch auf, und glaub mir bitte, nichts wäre so gut gewesen, wie es war, wenn du nicht geholfen hättest."

„Danke, dass du das sagst. Es hat mir Spaß gemacht." Und dann stand sie auf und rannte fast los, um von ihm wegzukommen.

* * *

Sie waren mit Aufräumen beschäftigt, und Austins Brüder und ihre Frauen warfen ihm immer wieder Blicke zu, während sie den Kindern und Eltern halfen, ihre Picknickdecken zu packen, um nach Hause zu gehen. Schließlich winkte er allen zum Abschied zu und dankte ihnen, dass sie gekommen waren und seine Patienten waren. Er war froh, dass er die Party für sie veranstaltet hatte, doch seine Gedanken waren bei Tess, die die Tische abräumte. Sie war ihm nicht mehr nähergekommen, seit sie mit ihm zu Boden gegangen war und, da war er sich sicher, versucht gewesen war, ihn zu küssen. Doch dann hatte sie gar nicht schnell genug von ihm wegkommen können. Er hätte sie so gern geküsst, und als sie auf ihm gelegen hatte, nachdem er verhindert hatte, dass sie auf den Boden aufgeschlagen war, hatte sie ausgesehen, als hätte sie ihn küssen wollen. Doch dann, als sie davongeeilt war, um mit dem Aufräumen anzufangen, hatte sie ausgesehen, als würde sie weglaufen. So schnell sie konnte, nur um zu vermeiden, dass sie einander näherkamen.

Sie war so mitgenommen von der Erfahrung mit diesem Mann, diesem Hund, der ihr so viel Unrecht getan hatte, ihr alles gestohlen hatte, kurz bevor sie ihre Eltern verloren hatte. Sein Herz schmerzte für sie. Das

Letzte, was er wollte, war, jemand zu sein, der ihren Schmerz noch schlimmer machte. Doch sie hätte ihn fast geküsst, also war er jetzt noch mehr hin- und hergerissen als zu Beginn des Tages.

Cole kam zu ihm. „Wir haben uns alle vorhin zurückgehalten, als wir dich und Tess während des Rennens auf dem Boden herumrollen sahen. Wir hatten gehofft, dass nach dieser interessanten Situation vielleicht was Gutes passieren würde. Aber du warst seitdem sehr beschäftigt und hast nicht wirklich glücklich ausgesehen. Also, was ist los?"

„Sie, na ja, ich habe dir ja gesagt, dass sie von einem Typen abgezockt wurde. Nachdem dieser Trickbetrüger ihr alles gestohlen hat, wollte ich versuchen, den Kerl zu finden und sehen, was wir tun könnten, um ihn hinter Gitter zu bringen. Aber als ich ihr gesagt habe, was ich vorhabe, gefiel ihr das überhaupt nicht. Sie hat mir gesagt, dass sie nicht glaubt, dass sie ihr Geld jemals zurückbekommen wird, und sie es einfach nur vergessen will. Unmittelbar nachdem das passiert war, ist sie nach Hause gezogen und hat ihre Eltern verloren und ihren Tod betrauert. Ihr

Leben war aus den Fugen geraten. Sie ist hierhergekommen, um einen Neuanfang zu versuchen. Dann hat sie sich bei der Hochzeit das Handgelenk verletzt, und ich konnte ihr helfen. Aber sie will sich nicht auf mich einlassen. Sie möchte einfach ihr Leben weiterleben."

„Wow, das ist ziemlich kompliziert."

„Das kannst du laut sagen. Aber weißt du, wenn ich ihren Gedankengang weiterspinne, hat er wahrscheinlich ihr ganzes Geld schon aufgebraucht und sie wird nichts zurückbekommen. Es wird nur eine Menge Zeit in Anspruch nehmen, und sie bekommt doch nichts, während eine Menge Leute erfahren, was sie durchgemacht hat. Sie will es einfach vergessen und neu anfangen. Ich habe ein schlechtes Gewissen, überhaupt da herumgestochert und ihr mehr Schmerzen zugefügt zu haben, denn ganz ehrlich, ich bin verdammt wütend auf diesen Typen. Ich würde nichts lieber tun, als ihm das Fell zu gerben und ihn ins Gefängnis zu schicken. Aber ich verstehe, was sie jetzt empfindet, warum sie nicht will, dass alle davon erfahren, und dass sie einfach nur langsam ihr Leben wieder aufbauen möchte. Sie fühlt sich sehr zu mir hingezogen, und ich glaube, sie hat mehr Gefühle für mich, als sie zugeben will. Sie hat mich sogar angelächelt, bevor sie aufräumen gegangen ist. Aber jetzt sieht sie mich nicht einmal an. Und ich mache mir ehrlich gesagt Sorgen, dass sie ihren Job kündigen und die Stadt verlassen könnte, um zu vermeiden, dass ich noch mehr in ihrer Vergangenheit herumstochere. Ich glaube, ich habe es wirklich vermasselt."

„Hört sich kompliziert an, und ich habe Mitgefühl für die Position, in der du dich befindest. Und ehrlich gesagt, nach dem, was du gerade gesagt hast, kann ich nicht sagen, dass ich es für eine gute Idee halte, den Typen zu jagen und sie in die Öffentlichkeit zu zerren, damit das für den Rest ihres Lebens bekannt ist. Ich verstehe, dass das für sie bedeuten würde, dass es sie immer verfolgen könnte, und wenn er ihr ganzes Geld verbraten hat, würde sie sowieso nichts zurückbekommen. Ja, es könnte eine andere Frau davor bewahren, dass es ihr passiert, aber wirklich, Austin, dass sie mit dem Typen zusammen war, könnte ihn entlasten. Ich fühle mit euch beiden. Es ist eine schwierige Situation. Aber, Austin, ganz ehrlich, es ist ihre Entscheidung. Du kannst nicht auslöschen, was in ihrer Vergangenheit passiert ist, indem du diesem Typen nachgehst, wenn sie es nicht will; denn sie ist diejenige, die sich damit auseinandersetzen muss. Verstehst du das?"

Austin fuhr sich mit der Hand durchs Haar. Sein Bruder sprach die Wahrheit aus, die ihm durch den Kopf gegangen war. „Ich wollte es versuchen, aber es ist schwer. Ich will das Richtige in ihr Leben bringen, und dieser Mann schuldet ihr was. Aber natürlich hast du recht; es steht mir nicht zu, ihre Entscheidungen zu ignorieren. Wenn ich das nochmal tue, werde ich sie verlieren."

„Ja, also musst du es gedanklich anders angehen. Wenn du sie für dich gewinnen kannst und heiratest, wovon ich mir ziemlich sicher bin, dass du es tun willst, dann kannst du sie beschützen, falls dieser Typ nochmal in ihrem Leben auftaucht."

„Das ist ein guter Gedanke. Und ich bin in sie verliebt. Es gibt nichts auf dieser Welt, was mich jemals so glücklich machen könnte, wie Tess in meinem Leben zu haben."

Cole legte ihm die Hand auf die Schulter und drückte sanft. „Also ich kann dir sagen, auch wenn deine anderen Brüder und Schwägerinnen nicht wissen, wie tief und belastend das ist, was zwischen euch beiden vor sich geht, ich bin für dich da, und sie hoffen wirklich, dass ihr zwei zusammenkommt."

Austin sah seinem Bruder nach, als er sich umdrehte und ging. Dann entschied er, dass es das Beste war, Tess Raum zu geben, anstatt zu ihr zu gehen, um ihr bei dem zu helfen, was sie tat, und wandte sich ab. Seine Schwägerinnen waren auf dem Weg zu ihr, also würde sie jede Menge Hilfe haben und ihn nicht brauchen. Er drehte sich um und ging zu den Angelruten. Er sammelte sie ein und brachte sie in den Schuppen und tat dasselbe mit seinem Herzen.

# KAPITEL VIERZEHN

„Was läuft zwischen dir und dem Doc?", fragte Ramona am Ende der darauffolgenden Woche. Sie hatte sich in dem Moment zu Tess umgedreht, als sie das Schiebefenster geschlossen hatte, nachdem sie die Daten des nächsten Patienten aufgenommen hatte.

„Warum fragst du das?", fragte Tess.

„Weil ihr beide die ganze Woche kaum miteinander gesprochen habt." Die ältere Frau starrte Tess an, als wollte sie sie herausfordern, zu leugnen, was sie gesagt hatte.

„Na ja, er war ja sehr beschäftigt."

„Als ob ich nicht sehe, dass er beschäftigt war. Aber wenn du was für ihn tun sollst, sagt er mir, wenn ich in sein Büro komme, dass ich dir Bescheid geben soll. Anstatt dich dort zurückzurufen und dich einfach selbst zu fragen. Ich habe es mir in der ersten Hälfte der Woche nur angesehen, um sicherzugehen, dass ich mir nichts einbilde. Und du kannst mir so oft sagen, wie du willst, dass ich es mir einbilde, aber ich weiß, dass dem nicht so ist. Ihr zwei passt einfach sehr gut zusammen. Ich weiß, dass wir neulich beim Picknick nicht viel miteinander reden konnten, weil ich mit meiner kleinen Familie beschäftigt war, aber ich habe Augen im Kopf, und er hat dich dauernd beobachtet. Selbst wenn er beschäftigt war, hat er immer wieder in deine Richtung geblickt und dich im Auge behalten. Und du genauso. Glaub' mir, ich hab' in einem Liegestuhl am See gesessen und hatte alles im Blick. Mein Mann war mit den Enkelkindern beschäftigt, genau wie ihr Daddy und ihre Mom. Ich habe ihnen beim Spielen und Angeln zugesehen, aber ich habe auch die Unterhaltung zwischen dir und dem Doc gesehen. Du kannst nicht leugnen, dass ihr euch zueinander hingezogen fühlt."

Ramona hatte sich auf ihrem Stuhl nach vorn gelehnt und redete leiser, also nahm Tess an, dass sie nicht wollte, dass er sie hören konnte, wenn er in den

Flur kam. Zumindest hoffte Tess das. „Ramona, ich weiß, dass du mich das nur fragst, weil du mich magst, aber in diese Situation fließt mehr ein, als du denkst. Mein Leben war in den letzten Monaten schwer, und ich bin Austin sehr, sehr dankbar, dass er mir mit mehr als nur der Behandlung meines verstauchten Handgelenks geholfen hat. Aber ich kann meine … nun, es ist etwas in meiner Vergangenheit passiert, und es fällt mir schwer, ganz darüber hinwegzukommen."

„Ich weiß, dass du deine Eltern verloren hast, und das tut mir so leid. Aber warum würdest du dich davon abhalten lassen, jemanden in dein Leben zu lassen, von dem ich glaube, dass er dich liebt? Du hast diejenigen verloren, die dich geliebt haben und die du geliebt hast, aber jetzt könntest du wieder Liebe in deinem traurigen Herzen haben."

Sie sah sich um, um sich zu vergewissern, dass niemand zuhörte, was Tess sehr schätzte. Auch, wenn sie sehr indiskrete Fragen über ihr Privatleben stellte.

„Das geht noch tiefer. Und es hat nichts mit meiner Mutter und meinem Vater zu tun. Oh, schau, da kommt jemand ans Fenster, können wir also einfach weiterarbeiten?"

„Okay, für den Moment. Aber ich habe fürchte, dass du das vermasseln könntest. Und ich persönlich denke, das wäre ein großer Fehler deinerseits. Das ist ein wunderbarer Mann da drin, der kranke Leute behandelt, und er mag dich von ganzem Herzen. Ihr beide würdet ein wunderbares Paar abgeben." Sie wandte sich wieder dem Fenster zu, öffnete es und begrüßte die Patientin.

Tess wandte sich wieder ihrer Arbeit zu. Ihr Herz hämmerte, und ihr wurde übel. Was empfand Austin wirklich für sie? Sie hatte sich von ihm zurückgezogen, und ihr war nicht entgangen, dass er nicht gedrängt hatte. Beide hatten sich zurückgezogen, nachdem sie ihn am Tag der Party beinahe geküsst hatte, als sie beim Dreibeinrennen zu Boden gegangen waren. Nachdem er das Seil gelöst hatte, das sie verbunden hatte, und sie aufgestanden und weggegangen war, hatte sie die Wahrheit wie ein Schlag getroffen. Sie liebte ihn.

Liebte ihn wie verrückt, und doch, wenn sie seine wunderbare Familie, seine erstaunlichen Schwägerinnen, seine großartigen Brüder und ihre enge

Beziehung ansah, wusste sie, dass sie nicht gut genug war. Sie passte nicht da hinein. Sie war so dumm gewesen, hatte alles an diesen schrecklichen Typen verloren, den sie für einen großartigen Mann gehalten hatte, bevor er sie ausgetrickst und ihr all ihr Geld und ihre Ersparnisse gestohlen hatte … sie fühlte sich so klein deswegen. Der Mann hatte sie gezielt ins Visier genommen, hatte sie entschieden. Er hatte sie an der Nase herumgeführt, bis sie ihre Vorsicht aufgegeben hatte. Es war so peinlich, und sie wusste nicht, ob sie jemals darüber hinwegkommen würde. Vor allem, wenn andere wussten, was passiert war.

Sie glaubte nicht, dass sie helfen könnte, diesen Mann vor Gericht zu bringen. Noch wollte sie damit leben, sich als Opfer zu outen, dass sie einem so schrecklichen Mann vertraut hatte, und dann vor anderen zuzugeben, dass er einfach gegangen war, nachdem er sie wie eine Weihnachtsgans ausgenommen hatte. Es war viel zu peinlich, dass sie auf seine Lügen hereingefallen war.

Sie hatte danach von anderen Frauen gelesen, die dasselbe durchgemacht hatten, und sie alle fühlten dasselbe. Aber sie hatten den Schritt in die Öffentlichkeit gemacht und den Mann entlarvt, obwohl es ihn nicht vor Gericht gebracht hatte. Das konnte sie nicht so einfach tun, oder?

Sie hatte so viele Artikel und Berichte gelesen. Obwohl einige der Männer gefasst und strafrechtlich verfolgt wurden, gab es mehr, die ungeschoren davonkamen. Sie hatte gehofft, es einfach hinter sich zu lassen und schließlich von vorn anfangen zu können, wenn der richtige Mann kam.

Er war gekommen … doch er war so wunderbar und verdiente eine kluge, entzückende Frau in seinem Leben. Und sie fühlte sich nicht so. Was sollte sie jetzt tun?

* * *

Am Samstagmorgen, während sie immer noch mit dem rang, was sie als Nächstes tun sollte, zog sich Tess Jeans und ein T-Shirt an. Dann machte sie sich eine Tasse Kaffee und setzte sich an den Tisch, um aus dem Fenster zu starren und nachzudenken. Doch sie war wirklich durch den Wind, weil ihre Gedanken immer wieder zu Austin zurückkehrten. Und wie schlecht sie sich fühlen würde, wenn sie das Einzige tat, das sie für richtig hielt, nämlich die Stadt zu verlassen und niemandem zu sagen, wohin sie ging.

Sie trank schnell einen Schluck von ihrem heißen Kaffee und bemühte sich angestrengt, sich einzureden, dass es das war, was sie tun musste. Aber konnte sie?

Ihr Handy klingelte. Sie warf einen Blick darauf und sah, dass es Tulip war. „Guten Morgen", sagte sie und hoffte, dass sich ihre Stimme normal anhörte.

„Dir auch einen guten Morgen", trällerte Tulip. „Die Mädels und ich machen einen Roadtrip, um uns zu entspannen, und wir dachten, du möchtest vielleicht mitkommen. Wir hoffen wirklich, dass du nichts anderes vorhast."

Mit ihren wunderbaren vier neuen Freundinnen zu gehen, war ein toller Gedanke. Es war schwer, nein zu sagen, und doch musste sie es tun. „Ich kann nicht …"

„Bitte sag ja", flehte Tulip fast. „Wir wollen wirklich, dass du mitkommst. Bitte."

Sie konnte diese eindringliche Bitte einer Frau, die

sie inzwischen sehr bewunderte, nicht abschlagen.

„Okay, wann soll ich fertig sein und was soll ich anziehen?"

„Großartig! Ich ziehe Freizeitklamotten an, also zieh an, was du willst. Jeans und T-Shirt, Sandalen oder Stiefel – was auch immer du lieber hast. Wir wollen in etwa einer Stunde losfahren. Schaffst du das?"

„Ja. Ich hab' so was schon an, also bin ich bereit, wann immer du willst."

„Wunderbar. Man weiß ja nie … Ich hole dich ab, und vielleicht sind wir früher da."

„Okay, ich trinke hier sowieso nur meinen Kaffee und starre aus dem Fenster, also warte ich auf euch." Sie legte auf, und ein seltsames Glücksgefühl stieg in ihr auf. So würde das Leben aussehen, wenn sie es irgendwie schaffte, sich für Austin zu entscheiden. Doch konnte er mit ihrer Entscheidung umgehen, den Mund über diesen Halunken zu halten, der ihr all ihr Geld gestohlen hatte? Oder würde er darauf bestehen, dass sie Anzeige erstattete und versuchte, den Kerl zu finden? Wenn er darauf bestand, könnte sie es tun – könnte sie ihre Dummheit derart öffentlich zugeben?

Andererseits wusste sie, dass sie nicht die Einzige war, die jemals auf einen solchen Trickbetrüger reingefallen war. Einige Opfer gingen zur Polizei, und andere schafften es einfach nicht, und sie machte ihnen keinen Vorwurf daraus, weil sie in derselben Situation war. Doch genau deswegen fühlte sie sich so niedergeschlagen.

Und Austin nicht würdig.

Sie hatte ihren Kaffee gerade ausgetrunken, war auf die Toilette gegangen und hatte sich die Zähne geputzt, um den Kaffeegeruch in ihrem Atem loszuwerden, als die Mädels in Tulips schwarzem Geländewagen vorfuhren. Als sie sie vorfahren sah, zog sich ihr Herz zusammen, dann hüpfte es vor Freude. Sie würde diese wundervollen Frauen so vermissen, wenn sie gehen würde. Sie hatte so viel zu verlieren, wenn sie nicht Gerechtigkeit suchte. Zumindest so weit sie konnte. Denn den meisten Artikeln, die sie gelesen hatte, hatte sie entnommen, dass das schwer durchzusetzen war. Wenn man mit jemandem zusammen war, zählte es nicht immer als Betrug, und man musste beweisen, dass er derjenige war, der auf ihren Computer und auf ihr

Girokonto zugegriffen hatte. Es war eine lächerliche Situation, in die sie sich gebracht hatte, und jetzt hielt sie Abstand von Austin.

Sie wusste, wenn sie Austin hier zurückließ … Austin, von dem sie ziemlich sicher war, dass er sie liebte, würde sie sich nie wieder verlieben oder jemandem vertrauen. Es gab nichts an ihm, das nicht vertrauenswürdig war. Die ganze Stadt unterstützte ihn mit Liebe und hatte nur wunderbare Dinge über ihn zu sagen. Er war wunderbar. Sie musste einfach glauben, dass sie gut genug für ihn war.

Und das war etwas, das sie nicht mehr glauben konnte.

Alle Fenster des SUV fuhren herunter, und alle vier Freundinnen lächelten sie an: Tulip vom Fahrersitz, Hanna vom Beifahrersitz und Ellie aus der dritten Reihe. Rita saß auf der anderen Seite in der zweiten Reihe, die sie mit ihr teilen würde.

„Steig ein", sagte Tulip mit einem strahlenden Lächeln.

„Gern, danke." Sie öffnete die Tür hinter dem Beifahrersitz und stieg ein.

Sofort legte Ellie vom Sitz hinter ihr die Hände auf ihre Schultern. „Wir freuen uns sehr, dass du mitkommst."

„Und wie." Rita lächelte über die Distanz zwischen ihnen hinweg.

„Das wird ein toller Tag", sagte Hanna, drehte sich um und lächelte. „Wir freuen uns wirklich, dass du dich entschieden hast, mit uns zu kommen."

Tulip sah sie mit einem aufrichtigen Lächeln an. „Du hast unseren Tag versüßt, und wir werden versuchen, deinen zu versüßen." Damit setzte sie zurück und fuhr aus der Einfahrt in die entgegengesetzte Richtung von Fredericksburg.

Sie war sich nicht sicher, wohin sie fahren würden; vielleicht wollten sie mit ihr nach True Love. Doch eigentlich war es ihr egal, wohin sie fuhren. In diesem Moment fühlte sie sich besser, als sie sich die ganze Woche gefühlt hatte, in der sie mit all den Emotionen, die sie letztes Wochenende bei der Angelparty und in der Praxis gespürt hatte, gerungen und sich Gedanken darüber gemacht hatte, was sie tun sollte. „Ich bin wirklich froh, dass du angerufen hast. Ich wäre heute nirgendwo hingegangen; ich will aber niemandem im Weg sein." Das ergab absolut keinen Sinn, aber es war alles, was ihr im Moment einfiel.

„Warum sollte unsere Freundin im Weg sein?" Hanna drehte sich wieder auf ihrem Sitz um. „Wir wollen nur Spaß haben, gehen Antiquitäten anschauen und essen zu Mittag. Und haben hoffentlich die Gelegenheit, uns ein bisschen zu unterhalten."

„Das hört sich wirklich schön an. Ich freue mich, dass ihr mich eingeladen habt."

Von diesem Moment an drehte sich das Gespräch um das, was sie in dieser Woche getan hatten. Sie stellten ihr keine Fragen, sondern schlossen sie einfach ins Gespräch ein. Hanna, die Tierärztin, hatte eine ziemlich harte Woche hinter sich, mit diversen Viehproblemen und auch ein paar Hunden und Katzen, die ihren Kunden in der Stadt gehörten. In ihrer Klinik war immer viel los, und sie hatte zugegeben, dass die Einstellung eines weiteren Tierarztes der einzige Grund war, warum sie all die nächtlichen Notfälle überleben konnte, die immer wieder vorkamen.

Tess hatte gehört, dass Hanna eine wunderbare

Tierärztin war, fleißig und eine sehr fürsorgliche Frau, und sie glaubte jedes Wort, auch wenn sie sie erst so kurz kannte.

Rita hatte auf der Party großartige Fotos von mehreren Familien gemacht und auch die Brautaufnahmen einer bevorstehenden Hochzeit, die sie und ihre beiden anderen Schwägerinnen ausrichten würden. Rita war Fotografin, Tulip Gartendesignerin und Dekorateurin und Ellie Floristin. Sie hatten alle ihr eigenes Geschäft, liebten es aber, Hochzeiten und andere große Partys zu planen, für die sie angeheuert wurden. Durch sie hatte sie Austin bei der Hochzeit von Hanna und Jake kennengelernt – weil sie alles organisiert hatten. Wenn sie nicht als Kellnerin eingestellt worden wäre und diesem gutaussehenden Arzt dabei zugesehen hätte, wie er das Strumpfband gefangen hatte, während er sie angestarrt hatte, wäre sie wahrscheinlich nicht gestolpert. Doch dieser Ausdruck in seinen Augen hatte sie den Halt verlieren lassen. Und dann, als sie ihre Augen geöffnet hatte und seine wunderschönen Augen auf sie herabgestarrt hatten … hatte sich ihr Leben verändert.

Sie fuhren durch die kleine Stadt True Love, und alle fragten sie, ob sie – abgesehen von dem Abend, an dem sie mit Austin durchgefahren war, um zum Grillen auf die Ranch zu kommen – schon einmal dort gewesen war.

„Nein, irgendwie hatte ich nie die Zeit dafür, und an meinen freien Wochenenden bleibe ich zu Hause. Ich habe nicht wirklich daran gedacht, mir das Städtchen anzusehen. Sieht aus, als sollte ich es einplanen. True Love – was für ein süßer Name."

Ellie beugte sich vor und lächelte, ihre Augen funkelten. „Es ist ein magischer Name, weil er wahr ist. Hier ist für uns alle die wahre Liebe passiert. Und wir sind dankbar dafür. Wir reden andauernd darüber. Weißt du, dass alle außer mir ihre Männer kennengelernt haben, nachdem sie bei einer Hochzeit ein Strumpfband gefangen hatten? Die anderen drei waren jeweils die erste Frau, die von ihren späteren Männern danach angesehen wurden. Ich nicht … ich war nicht einmal bei der Hochzeit dabei gewesen, sondern bin erst später angekommen. Aber ich finde die Geschichten faszinierend und glaube fest daran, dass das Strumpfband etwas mit ihren Liebesgeschichten zu tun hatte. Das Strumpfband hat sie zusammengebracht."

„Absolut!", stimmten die anderen ein.

Auch Austin hatte ein Strumpfband gefangen, als er sie angesehen hatte, und die Geschichte hatte sie zum ersten Mal beim Abendessen mit allen Tanners gehört. Alle hatten sie an diesem Abend so erwartungsvoll angesehen, voller Hoffnung auf das, was ihrer Meinung nach zwischen ihr und Austin passieren musste. Oh, darüber sollte sie jetzt erst gar nicht nachdenken.

„Jedenfalls", sagte Rita. „Wir sind eine Familie und sehr froh darüber."

Hanna drehte sich um und grinste. „Okay, genug davon, dass wir uns wegen eines Strumpfbandes verliebt haben. Also, die Stadt, in die wir fahren, ist nur ein winziger Ort, ganz versteckt, aber es gibt ein wunderbares Restaurant mit Blick auf den Fluss und ein paar kleine Trödel- und Antiquitätenläden, falls du es vorziehst, sie so zu nennen. Wir alle lieben es, zu bummeln und Schätze zu finden. Ich suche ein paar Stühle für die Veranda meiner Klinik."

„Und ich suche nach allem, was mir ins Auge

sticht", sagte Rita. „Das neue Haus ist fast fertig, und ich brauche alles Mögliche. Du musst unbedingt rauskommen und es dir ansehen. Wir sind so aufgeregt."

„Das würde ich gerne."

Das Gespräch ging weiter, und eine Weile später kamen sie in die kleine Stadt am Fluss. Das Dancing Diner-Schild war das erste, was sie auf der rechten Straßenseite sah, und dann sah sie ein paar Läden entlang der Hauptstraße mit holzbeplankten Gehwegen, einschließlich der Läden, die sie sich ansehen wollten. Es war wirklich eine süße kleine Stadt. Passanten lächelten und schienen das gute Wetter zu genießen. Es versprach, ein lustiger, entspannender Tag zu werden. Ein Tag, den sie brauchte, bevor sie heute Abend oder Morgen eine lebensverändernde Entscheidung traf.

* * *

„Wir haben nicht erwartet, dass du heute rauskommst und beim Viehhüten hilfst." Bret blickte von seinem Pferd zu ihm hinüber. Die Überraschung stand ihm ins Gesicht geschrieben.

Austin hatte angenommen, dass seine Brüder überrascht sein würden. Er war einfach zu aufgekratzt gewesen, als er heute Morgen aufgewacht war, und da es Samstag war, brauchte er eine Ablenkung. Er wollte den Halunken finden, der Tess' Leben ruiniert hatte, doch er war stattdessen gekommen, um Vieh zu hüten. Er war zur Ranch gefahren, hatte sein Pferd gesattelt und seinen Brüdern dann eine SMS geschickt, um herauszufinden, wo sie waren. Sobald er es wusste, hatte er sein Pferd dorthin getrieben.

„Jetzt, wo ich nicht mehr wie früher rund um die Uhr in der Notaufnahme bin, brauche ich das ab und zu – auch wenn ich auf die andere Ranch gezogen bin."

Sein Bruder zog eine Augenbraue hoch. „Besonders, wenn du eine Ablenkung brauchst?"

„Volltreffer. Du hast absolut recht."

Cole ritt näher. „Womit hat er recht?"

Bret sah von Austin zu Cole, als Levi und Jake ebenfalls zu ihnen ritten.

„Was ist los?", fragte Jake.

„Ja, das ist eine Überraschung", fügte Levi hinzu. „Und du siehst irgendwie durch den Wind aus."

„Oh, kommt schon." Austin seufzte. „Ich bin rausgekommen, um euch beim Viehhüten zu helfen."

Coles Gesichtsausdruck wurde streng. „Was hast du zu Bret gesagt, als ich außer Hörweite war? Hatte es was mit Tess zu tun?"

Einen solchen Befehlston hatte er in der Stimme seines älteren Bruders schon sehr lange nicht mehr gehört. „Okay, Bret hat erraten, was ich für Tess empfinde. Dass ich sie liebe."

Sie sahen einander an, dann ihn. „Das wissen wir", sagten alle fast gleichzeitig.

„Wenn du sie liebst, warum bist du dann hier?", fragte Jake.

„Weil da noch mehr ist … eine private Sache, aber ich kann das nicht mehr für mich behalten. Sie war mit einem Mann zusammen, bevor ihre Mutter und ihr Vater gestorben sind. Er hat jeden Cent, den sie hatte, von ihrem Bankkonto gestohlen, und dann ist er verschwunden. Sie musste nach Hause ziehen, und dann hatten ihre Eltern diesen Autounfall. Letzteres wisst ihr ja. Ihre Mutter ist sofort gestorben, und ihr Vater war einen Monat im Krankenhaus, bevor er gestorben ist.

Sie war sehr dankbar, dass sie für ihn da war." Er riss seinen Hut vom Kopf und rieb mit beiden Daumen über das geflochtene Stroh. Er hatte es nicht länger für sich behalten können und war sich nicht sicher, ob Cole nicht schon mit den anderen darüber gesprochen hatte. Aber der Ausdruck auf den Gesichtern seiner anderen Brüder, als sie erfuhren, dass ihr Ex ihr ganzes Geld gestohlen hatte, verriet ihm, dass Cole sein Geheimnis bewahrt hatte.

Das waren seine Brüder, und wenn ihm jemand einen guten Rat geben konnte, dann sie. Er musste sicher sein, dass seine Gedankengänge richtig waren. Er sah Cole an, der ihm zunickte. „Ich brauche eure Hilfe. Sie hat nicht vor, ihn anzuzeigen. Ich hatte angefangen, Nachforschungen anzustellen, nach ihm gesucht, aber aufgehört, nachdem ich es ihr letzten Freitag in meiner Praxis gesagt habe und sie sich so aufgeregt hat. Ich glaube, sie war am Samstag bei der Party immer noch sauer auf mich deswegen. Jetzt habe ich Angst, dass sie kündigen und weglaufen und sich wieder verstecken könnte."

„Warum?", fragte Levi, bevor die anderen es

konnten.

„Weil sie einfach ihr Leben weiterleben will. Wahrscheinlich hat er ihr Geld schon verbraten, also würde sie sowieso nichts zurückbekommen. Und wie er das Geld gestohlen hat, macht es schwer zu beweisen, dass er es gestohlen hat. Außerdem müsste sie ihn erst einmal finden. Ich verstehe, dass sie einfach ihr Leben weiterleben und versuchen will, es zu vergessen, aber ich denke, später, mit etwas Abstand, wird sie es bereuen."

„Ich bin in dieser Hinsicht wie du", sagte Jake. „Es würde mir schwerfallen, den Typen nicht zu jagen. Aber wenn er wie diese Männer ist, über die man manchmal in der Zeitung liest, verwenden sie falsche Namen und ziehen dieselbe Masche mit vielen Opfern ab. Es passiert immer häufiger online, aber es passiert immer noch von Angesicht zu Angesicht."

Dass sein Bruder so viel wusste, überraschte Austin. „Woher weißt du das alles? Ich habe gerade erst davon erfahren, seit ich mich in Tess verliebt habe."

„Ich habe beim Zahnarzt auf meinem Handy einen Artikel darüber auf einer lokalen Nachrichtenseite gesehen und war so überrascht, dass ich nachgeschlagen und mehr darüber gelesen habe. Wahrscheinlich dieselben Artikel, die du gelesen hast."

„Du hast wahrscheinlich recht. Also, was denkst du, was ich tun sollte?"

Cole meldete sich als erster zu Wort. „Ich würde tun, was Tulip will, wenn sie es wäre, aber ich würde ihr auch sagen, dass ich bereit bin, alles zu tun, um das Stück Dreck zu finden und zu verfolgen, falls sie ihre Meinung ändert."

„Cole hat recht", sagte Jake. „An Hannas Seite zu sein und ihre Liebe zu haben, wäre mir am wichtigsten. Und da zu sein, um sie zu beschützen, wenn die Zeit kommt."

Seine beiden anderen Brüder stimmten zu, und Austin hatte seine Antwort. „Darum habe ich die Detektivarbeit eingestellt, aber ich war einfach hin- und hergerissen, weil ich dachte, es wäre das Falsche. Ich liebe sie und will sie beschützen, und wenn sie geht, weil sie Angst hat, dass ich ihre Wünsche ignoriere, dann verliere ich alles."

Seine Brüder nickten alle mit ernster Miene und

sagten ihm, dass sie ihre Antworten nicht ohne tiefe Überlegung gegeben hätten. „Okay, dann weiß ich, was ich zu tun habe. Jetzt muss ich es ihr nur noch sagen."

Cole hob seine Hand. „Keine Eile. Die Mädels haben sie angerufen und sie zum Mittagessen und Shoppen eingeladen. Tulip hat mir gesagt, es sei wirklich, um zu versuchen, tiefer zu graben, um herauszufinden, was sie belastet. Sie wissen das von ihrem Ex nicht. Sie wissen, dass es ihn gibt, aber nicht, was er getan hat. Vielleicht kannst du sie ja später besuchen, wenn sie nach Hause kommt. Wenn sie mit den Mädels spricht, hilft es ihr vielleicht."

„Okay. Klingt gut. Ich reite ein bisschen mit euch und gehe dann zurück und warte auf sie, wenn sie nach Hause kommt. Ich liebe euch und eure Frauen wirklich. Und Tess passt perfekt dazu."

# KAPITEL FÜNFZEHN

Tess verließ lächelnd mit ihren Freundinnen den Trödelladen. „Das hat so viel Spaß gemacht. Und ich bin froh, dass du diese wunderschönen Kerzenständer gefunden hast, Rita."

„Oh, ich auch. Die werden sich perfekt auf meinem Kaminsims machen."

„Okay, Zeit, was zu essen." Tulip grinste. „Ich habe angerufen und den Tisch reserviert, der allein steht, unten bei der Treppe. Es wird perfekt."

Alle waren aufgeregt, und Tess war wirklich neugierig auf das Diner. Doch anstatt es zu betreten, gingen sie den Weg entlang, der um die Ecke des Gebäudes herumführte. Sie sah den Fluss, wo es eine überraschend große Terrasse mit Blick auf das Wasser gab. Es gab auch eine Treppe, die zu einer kleineren

Terrasse mit Tischen hinunterführte, und rechts gab es einen niedlichen Bereich mit einem Tisch, der ganz alleinstand.

„Das ist wunderbar", sagte sie. „Ich hätte oben vor dem Diner nie gedacht, dass hier unten so eine schöne Terrasse ist. Sie ist wunderbar."

Hanna lächelte. „Ich weiß. Mir ging es genauso, als ich das erste Mal hierhergekommen bin. Und ich komme immer noch gerne mit Jake hierher, wann immer wir Zeit haben. Wir lieben das Diner. Der Hühnchen-Erdbeersalat ist unglaublich."

Die Kellnerin kam, und Tulip sagte ihr, sie hätten eine Reservierung unter dem Namen Tanner. Sie wurden sofort die Treppe hinunter zu dem Tisch geführt, der ihr aufgefallen war, und sie nahmen Platz. Nachdem sie ihre Getränkebestellung aufgegeben hatten, verließ die Kellnerin sie, und sie konnten sich umsehen und die Aussicht genießen.

„Was für ein schönes Plätzchen", sagte sie.

„Wir dachten, es würde dir gefallen", sagte Tulip.

Sie unterhielten sich über die Aussicht und das Essen, während sie sich die Speisekarte ansahen. Die

Kellnerin brachte ihre Getränke und nahm ihre Bestellung der Erdbeer-Hähnchen-Salate auf, den alle wollten, und ging dann wieder. In diesem Moment sahen alle sie an, und plötzlich dämmerte ihr, dass hinter dem Ausflug mehr steckte, als ihr bewusst gewesen war.

„Okay, Tess", sagte Tulip. „Ich habe die anderen gebeten, hier mit uns herzukommen, weil ich mir Sorgen mache, dass dich etwas wirklich Ernstes bedrückt. Letztes Wochenende hast du so glücklich gewirkt, und auch wenn es so aussah, als hättet ihr beide Spaß gehabt, als du und Austin zusammen das Dreibeinrennen gemacht habt, warst du danach plötzlich anders. Und als wir dann beim Aufräumen geholfen haben, hast du nicht viel gesagt und bist gegangen, sobald wir fertig waren. Wir haben uns wirklich Sorgen gemacht. Und er hat sich auch nicht normal verhalten, obwohl wir ihn jetzt nicht mehr oft sehen. Früher haben wir ihn fast jeden Abend gesehen, wenn er zu seiner Hütte gegangen ist, aber jetzt, wo er in das neue Haus gezogen ist, ist das anders. Aber die Jungs gehen rüber und hüten Vieh, und ich habe Cole gefragt, ob ihm irgendwas an seinem Bruder aufgefallen sei, und er hat ja gesagt. Und dass er sich auch Sorgen macht."

„Das ist, weil er sehr glücklich war, seit er dich kennengelernt hat", fügte Ellie hinzu.

Hanna und Rita nickten.

Ihr Innerstes verknotete sich, nicht vor Wut, sondern vor Liebe. Diese Mädchen, diese vier wunderbaren Frauen sorgten sich um sie. Und das hatte sie schon so lange nicht mehr erlebt. Die Tatsache, dass sie all das heute getan hatten, nur um dieses Gespräch mit ihr zu führen, nachdem sie ihren Spaß beim Einkaufen gehabt hatte, erfüllte sie mit einer Freude, die sie dringend gebraucht hatte. Ihre Hand zitterte an ihrem Glas, nach dem sie es genommen hatte. Sie stellte es ab und ließ ihre Hand auf dem Tisch liegen. Sofort legten alle ihre Hände auf ihre. Sie sah sich am Tisch um, und eine Träne lief ihr über die Wange. Sie sollte wirklich nicht weinen. Sie weinte nicht, und schon gar nicht vor anderen … aber der Ausdruck auf den Gesichtern von Rita, Hanna, Ellie und Tulip war wirklich fürsorglich und besorgt.

„Ich habe ein Problem", schniefte sie. „Und es betrifft mein Leben hier in der Stadt und das, was sich mein Herz wünscht … ein Leben mit Austin. Ein Leben, von dem ich nicht weiß, ob es möglich sein wird, wenn ich mich nicht einer Sache stelle."

„Bitte erzähl' uns davon", drängte Ellie.

„Ja, bitte", stimmte Tulip zu. „Wir lieben dich und haben das Gefühl, dass du wunderbar zu uns passt. Wir haben das Gefühl, dass du und Austin füreinander bestimmt seid. Und das nicht nur, weil er bei der Hochzeit von Jake und Hanna das Strumpfband gefangen hat. Selbst wenn er es nicht gefangen hätte, wäre es wie bei Bret und Ellie gewesen, ihr seid füreinander bestimmt. Aber selbst, wenn du und Austin nicht zusammenkommt, du bist unsere Freundin. Und wir wollen dir helfen."

„Das tun wir wirklich", bot Hanna an. „Du bist eine großartige Frau, springst immer da ein, wo du gebraucht wirst. Auch, nachdem du bei unserer Hochzeit verletzt wurdest. Wir hatten einfach das Gefühl, dass du reden musst, und wir sind für dich da."

„Da stimme ich vollkommen zu", fügte Rita hinzu. „Wir sind für dich da. Bitte vertrau' uns. Wir wollen dir so gerne helfen. Du hast deine Eltern verloren, und jetzt bist du hier, und abgesehen davon, dass du heute mitgekommen bist, scheinst du nicht viele Kontakte zu haben. Aber wir sind für dich da."

„Wenn du uns vertraust", fügte Tulip hinzu.

Tess wusste in diesem Moment, nachdem sich alle zu Wort gemeldet hatten, dass sie genau das waren, was sie brauchte. Alle zogen ihre Hände zurück, und sie nahm ihr Wasserglas und stellte es wieder ab. „Der Mann, mit dem ich zusammen war, bevor ich zu Mom und Dad nach Hause gezogen bin, hat mir etwas Schreckliches angetan, aber es hat mich nach Hause gebracht, wo ich sein musste, weil ich sie bald danach verloren habe. Da ich zu Hause war, konnte ich eine kurze Zeit mit ihnen verbringen, bevor sie mir genommen wurden. Aber er … was er mir angetan hat, hat immer noch Auswirkungen auf meine Zukunft, und ich weiß nicht, was ich dagegen tun soll." Sie hielt inne und atmete tief durch.

Alle sahen sie schweigend an und gaben ihr Zeit, fortzufahren. Doch ihre Mienen waren eindeutig aufrichtig, weil sie ihr helfen wollten.

Sie nahm eine Serviette und wischte die

Feuchtigkeit in ihren Augen ab. „Er war einer dieser Männer, von denen ihr sicher gelesen habt. Einer der Typen, die die Frau bestehlen, mit der sie ausgehen. Er hat genommen, was er konnte. Er hat mein Konto geplündert, nachdem er am Abend zuvor gesehen hatte, wie ich mich eingeloggt habe, um online Rechnungen zu bezahlen. Er hat nicht nur mein Geld von meinem Konto gestohlen, sondern auch meine Ersparnisse. Ich fürchte, dass ich das Geld nie wiedersehen werde. Das Konto, auf das alles überwiesen wurde, wurde am nächsten Tag aufgelöst."

Alle sahen entsetzt aus.

„Was hast du danach getan?", fragte Rita.

„Ich bin zur Polizei gegangen, aber sie haben mir gesagt, ich hätte nichts in der Hand, nachdem ich ihnen mein Konto gezeigt hatte und vor allem, weil wir seit ein paar Wochen zusammen waren. Sie sagten, es wäre schwer, ihn dafür festzunageln, und es könnte mich eine Menge Geld kosten, es zu versuchen. Da bin ich gegangen und habe nicht einmal Anzeige erstattet. Ich konnte es einfach nicht. Ich war so dumm. Ich wollte, dass niemand davon erfährt. Vor allem, weil ich wusste, dass ich wahrscheinlich nichts zurückbekommen würde. Und wenn ich ihn vor Gericht bringen wollte, würde es mich nur Geld kosten, das ich dank ihm nicht hatte, und die Chancen stehen gut, dass er den Gerichtssaal als freier Mann verlassen würde. Ich bin von Houston zu meinen Eltern nach Hause gezogen, da ich nicht einmal mehr Geld für die Miete hatte. Sie waren so geschockt darüber, aber meine Mutter war überzeugt, ich hätte die richtige Entscheidung getroffen, einfach woanders von vorn anzufangen. Sie glaubte nicht, dass sie genug Beweise finden würden, um den Mann ins Gefängnis zu stecken, selbst, wenn sie jemals herausfinden könnten, wie er wirklich heißt. Sie war auch der Meinung, dass es nur meinen Namen in die Öffentlichkeit zerren würde, und am Ende wäre er doch ein freier Mann. Und mein Vater war bestenfalls hin- und hergerissen, aber seine letzten Worte an mich waren: Lebe ein gutes Leben. Ich habe nach seinem Tod dafür gesorgt, dass das Geld, das sie auf ihren Konten hatten, zur Begleichung ihrer Rechnungen verwendet wurde. Nachdem ich ihr kleines Haus verkauft und die Krankenhausrechnungen bezahlt hatte, war so gut wie nichts mehr übrig. Ich habe sie so geliebt ... Früher war ich stärker als jetzt. Euch alle und vor allem Austin kennenzulernen, hat mich wieder mehr zu der Frau gemacht, die ich früher war. Aber dieses Gefühl, eines Mannes wie Austin nicht würdig zu sein, hindert mich daran, ihm zu sagen, was ich für ihn empfinde. Er weiß alles, und er will ihn jagen. Ich habe nein gesagt, dass ich das nicht kann. Nachdem ich meine Mutter und meinen Vater verloren habe, habe ich gesehen, wie kurz das Leben manchmal sein kann ... darum will ich mir einfach nicht vorstellen, den Rest meines Lebens damit zu verbringen, nach diesem schrecklichen Mann zu suchen. Stattdessen würde ich gerne einfach mein Leben weiterleben, aber ich glaube nicht, dass Austin das kann. Er will den Helden spielen und dafür sorgen, dass mein Leben besser wird."

„Er liebt dich", sagte Hanna. „Aber er muss verstehen, was du erlebt hast und warum du so reagierst. Du musst ihm sagen, was du uns gesagt hast, ihn deine Gefühle sehen lassen und wie du dich fühlst. Und du musst ihm sagen, was du für ihn empfindest. Es hört sich nicht so an, als hättet ihr schon darüber gesprochen.

Habe ich recht?"

Alle anderen sahen ihr zu, sagten aber nichts.

„Ja, du hast recht. Wir haben nie wirklich in Worte gefasst, was wir füreinander empfinden. Vielleicht …"

„Oh, er liebt dich", unterbrach Tulip sie. „Man kann die Liebe in seinen Augen sehen, sie in seiner Stimme hören, wenn er über dich spricht."

„Das ist so wahr", stimmte Rita zu. „Er strahlt, wenn er von dir spricht."

„Das tut er", sagte Ellie leise. „Er liebt dich wirklich. Bitte lauf nicht weg. Nicht vor ihm, nicht vor uns. Wir wissen, was passiert ist, und wir wollen dich bei allem unterstützen, was immer auch du gegen dieses erbärmliche Exemplar von einem Mann unternehmen willst, das dir das angetan hat. Aber denk daran, dass du einen wunderbaren, starken Mann hast, der dich liebt und nur auf dich wartet. Das habe ich vielleicht falsch ausgedrückt. Ihr zwei müsst das wirklich besprechen und es gemeinsam herausfinden."

Tess holte tief Luft und wusste, dass das, was sie alle gesagt hatten, wahr war. Sie konnte nicht mehr weglaufen.

* * *

Austin kam nach dem Mittagessen nach Hause und duschte schnell. Seine Gedanken kreisten darum, was sein nächster Schritt sein sollte … es war an der Zeit, ihr zu sagen, dass sein Herz ihr gehörte. Und zu hoffen, dass sie dasselbe sagte. Er hatte Tulip eine SMS geschickt, um herauszufinden, wann sie Tess nach Hause bringen würden, und er parkte am Ende der Straße und wartete darauf, dass sie sie absetzten und nach Hause fuhren. Nachdem sie vorbeigefahren waren, fuhr er zu Tess und parkte seinen Truck vor dem Haus. Entschlossen stieg er aus, schloss die Autotür, ging zur Haustür und klopfte an. Er sprach ein kurzes Gebet, um die richtigen Worte zu finden.

Augenblicke später öffnete sich die Tür, und die Liebe seines Lebens starrte ihn überrascht an. Sie war wunderschön, und er wollte so sehr, dass es zwischen ihnen klappte. Er war bereit, alles zu tun, um das zu erreichen.

„Austin, hallo. Wa-was machst du hier?"

„Ich bin gekommen, um zu sehen, ob du mit mir

eine Ausfahrt machen würdest. Ich denke, wir sollten reden."

Sie trat von einem Fuß auf den anderen und wirkte zögerlich, aber auch tief in Gedanken versunken. „Ja, ich glaube, wir müssen reden. Ich bin gerade vom Einkaufen mit all deinen Schwägerinnen zurückgekommen, und wir hatten einen herrlichen Tag. Ich wusste, dass wir reden müssen, aber nachdem ich Zeit mit ihnen verbracht habe, wusste ich, dass es bald sein muss, und hier bist du. Lass mich meine Handtasche und meine Sonnenbrille holen. Willst du reinkommen oder hier warten?"

„Hier", sagte er. Aber als sie ging, musste er sich bewegen, also ging er zum Truck und öffnete die Beifahrertür für sie. Sie kam schnell zurück, schloss die Haustür ab, ging dann zu seinem Truck und kletterte auf den Sitz. Er hatte dem Drang widerstanden, nach ihrem Arm zu greifen und ihr hinaufzuhelfen, denn im Moment war es besser, wenn er sie nicht berührte. Er würde sie nicht wieder loslassen. Also behielt er seine Hände bei sich, bevor er die Tür schloss, dann eilte er auf die Fahrerseite, stieg ein und fuhr los.

„Wohin fahren wir?", fragte sie.

„Ich dachte, wir würden zur Ranch fahren. Vielleicht könnten wir uns dort unterhalten. Nicht im Haus, sondern am See."

„Das klingt gut."

Unterwegs erzählte sie ihm von der kleinen Stadt, in die sie und die anderen gefahren waren. Sie hatte ihr gefallen, aber besonders das Diner mit den wunderbaren Sitzgelegenheiten im Freien und dem köstlichen Hühnersalat. Es hörte sich großartig an. Er hatte schon von seinen Brüdern von dem Laden gehört.

„Vielleicht können wir eines Tages zusammen dorthin fahren, uns hinsetzen und die Aussicht genießen und den Salat essen, der dir so gefallen hat."

„Das wäre schön. Ich habe nichts eingekauft, nur gegessen. Ich spare jeden Cent, den ich verdiene, um wieder einen Notgroschen zusammenzusparen. Es fühlt sich gut an, wieder festen Boden unter mir zu spüren."

Er wollte ihr so gerne sagen, dass sie tun und sich leisten könnte, was immer sie wollte, wenn sie ihn liebte und zustimmte, ihn zu heiraten. Doch er wollte sein Geld nicht benutzen, um ihre Entscheidung zu beeinflussen. Er glaubte sowieso nicht, dass sie es hören wollen würde. Hier ging es ausschließlich um sie und ihre Gefühle füreinander.

Zumindest hoffte er, dass es darum ging. Und dessen war er sich sicher, weil sie ihn nie um etwas gebeten hatte. Sie arbeitete hart und hatte hohe Erwartungen an sich selbst. Und er wusste, wenn sie die Chance dazu bekäme, würde sie sehr erfolgreich sein. Sie hatte ihm in seiner Praxis so geholfen, dass er sie nicht als Angestellte verlieren wollte, doch noch mehr hasste er die Vorstellung, dass sie ganz aus seinem Leben verschwinden könnte.

Er bog von der Hauptstraße auf sein Grundstück ab, fuhr aber nicht zum Haus, sondern direkt zum See. Doch anstatt dorthin zu fahren, wo die Party stattgefunden hatte, fuhr er auf die andere Seite. Auf dieser Seite war ein Steg, und er hatte ein paar Holzstühle am Ende aufgestellt. Er parkte und sah sie an. „Ist das okay? Ich glaube nicht, dass es zu heiß ist."

„Es ist großartig. Es weht gerade genug Wind, und ich kann ein bisschen Sonne gebrauchen."

„Schön." Er stieg aus und ging den Truck herum,

um ihr beim Aussteigen zu helfen, aber sie war schon draußen und schloss ihre Tür, als er ankam. Also öffnete er die Tür zum Rücksitz und holte einen Picknickkorb heraus. „Nur ein paar Getränke und Snacks, falls wir etwas wollen. Und falls du zur Toilette musst, bringe ich dich gern zum Haus."

Sie lächelte. „Nicht nötig. Ich sollte leicht ein paar Stunden durchhalten können, falls wir so lange hier sind."

Er lächelte, während sie zum Steg gingen, und als sie ihn hinuntergingen, wollte er so sehr einen Arm um ihre Schultern legen und sie an sich ziehen. Doch er wusste, dass sie zuerst reden mussten. Er hoffte, dass sie danach wollte, dass er sie für immer festhielt und ihn nicht verlassen würde, wie er es befürchtet hatte.

„Das ist ein wunderschöner See", sagte Tess, als sie das Ende des Stegs erreichten, wo er breiter wurde und die Stühle standen. Sie blickte über den riesigen See. „Es ist schön von der anderen Seite, aber die Aussicht hier ist noch besser. Dieser Blick über das Wasser, den Hügel runter und die Straße ganz dahinten. Es ist wirklich schön."

DES MILLIARDENSCHWEREN COWBOY'S
DER WAHRGEWORDENE TRAUM

Er stellte den Korb zwischen den Stühlen ab und steckte seine Finger in die Taschen seiner Jeans, damit sie vorerst dortblieben. „Das denke ich auch. Wenn ich das Haus baue, dann hier, ein Stück vom Wasser zurückgesetzt. Wenn meine Frau und ich Kinder haben, müssen wir sie natürlich immer im Auge behalten und ihnen so schnell wie möglich das Schwimmen beibringen, falls eines hier reinfällt, aber ich denke, das ist alles sehr machbar."

Ihre Augen waren weicher geworden, als sie vom Wasser auf den Uferbereich blickte, wo das Haus sein würde, und dann sah sie ihn an. Sein Herz pochte vor Sehnsucht und Hoffnung.

„Du wirst ein großartiger Vater sein und für deine Kinder genau das Richtige tun."

„Danke, und das kann ich als Mutter auch von dir sagen."

Sie hob ihre linke Schulter ein wenig. „Vielleicht. Aber jetzt sag, wofür wir hierhergekommen sind?"

Er zeigte auf einen Stuhl. „Bitte setz dich." Sie gehorchte, und er nahm auf dem Stuhl neben ihrem Platz, der im Winkel dazu stand, damit sie einander besser sehen konnten. „Ich muss dir sagen, dass es mir wirklich leidtut, was ich bei unserem letzten Treffen in meiner Praxis gesagt habe. Um ehrlich zu sein, und falls du es noch nicht erraten hast, ich liebe dich. Ich kann es nicht mehr verschweigen. Ich habe keine Ahnung, ob du viel länger hierbleiben wirst, da wir anderer Meinung waren, wie du wegen des Mannes vorgehen solltest, der dich bestohlen hat. Aber ich weiß, wie sehr ich dich liebe. Ich habe – und ich hoffe, es macht dir nichts aus, weil ich eine kleine Bestätigung gebraucht habe, dass ich nichts Falsches tue – also habe ich mit meinen Brüdern gesprochen. Bitte hass' mich nicht dafür. Ich habe ihnen von dem Mann erzählt, der dein Geld gestohlen hat. Ich war schon zu dem Schluss gekommen, den ich dir gleich mitteilen werde, und alle haben mir zugestimmt. Ich liebe dich, und was immer du wegen dieses Mannes unternehmen willst, ist deine Sache. Ich bin für dich da. Ich will nur in deinem Leben sein. Ich will, dass du mich liebst und mich heiratest. Es ist eine furchtbar unbeholfene Art, dich zu fragen, aber die Option muss auf dem Tisch liegen, damit du weißt, wie wichtig du mir bist. Ich fürchte, wenn ich vor diesem Gespräch auf ein Knie gegangen wäre, hättest du nein gesagt. Aber du musst verstehen, was ich für dich empfinde. Ich liebe dich, und ich will dein Leben nicht diktieren. Ich war nicht dabei, als er dir das angetan hat, und mir ist schließlich klar geworden, dass ich nicht bestimmen kann, wie du damit umgehst. Alles, was ich dir anbieten kann, ist meine Liebe. Ich will mit dir zusammen sein, dich unterstützen, wie auch immer du mit dieser Situation und allen Situationen umgehen willst. Von ganzem Herzen hoffe ich, dass du mich liebst. Und wenn ich dich nicht unter Druck setze, etwas gegen diesen Mann zu unternehmen, da es deine Entscheidung ist, hoffe ich, dass du vielleicht den Rest deines Lebens mit mir verbringen willst … dem Mann, der dein Unterstützer, dein Liebhaber, deine lebenslange Liebe sein will. Ich habe das neulich nicht alles sagen können. Ich war einfach so wütend, dass der Typ dir das angetan hat, und ich konnte nur daran denken, ihn zu finden und hinter Gitter zu bringen. Aber wie du habe ich erkannt, dass das nicht einfach ist und dich am Ende einem weiteren Trauma aussetzen könnte, ohne, dass dir Gerechtigkeit widerfährt, also verstehe ich deine Entscheidung. Mein Wunsch ist, hier an deiner Seite zu sein, dich zu lieben und dich zu beschützen, falls dieser Halunke jemals aus irgendeinem Grund in dein Leben zurückkehrt. Ich will dich einfach nur lieben, halten und für immer an meiner Seite haben."

Er hielt inne, sein Herz hämmerte. Er hatte geredet und geredet, und sie hatte ihn nur beobachtet. Ihr Gesichtsausdruck war ausdruckslos gewesen, dann war sie blass geworden, und dann waren Tränen in ihre Augen gestiegen. Und jetzt umspielte ein winziges, zartes Lächeln ihre Mundwinkel. Seine Hoffnungen wuchsen, während er darauf wartete, dass sie sprach.

„Ich … liebe dich, Austin. Ich habe dich fast von Anfang an geliebt, obwohl ich es geleugnet habe und meine Gedanken nicht zulassen wollte, nach allem, was ich erlebt habe. Bist du sicher, dass es nicht an dir nagen wird, wenn ich diesem schrecklichen Mann nicht nachgehen will? Denn im Moment will ich nur, dass du mich liebst. Ich will ihn und was er getan hat, vergessen. Aber vielleicht entscheide ich später, nachdem ich mich in meinem Glück mit dir entspannt habe, dass ich doch die Kraft habe, meine Stimme zu erheben."

Ohne zu zögern, stand er auf, ergriff ihre Hand, zog sie dann in seine Arme und küsste sie auf den Kopf. Er drückte sie an sich, und sie schmiegte ihre Wange an sein Herz. Er blickte zum Himmel auf und dankte Gott für diese wunderbare Frau, die sein Leben mit allem, was er brauchte, gefüllt hatte, und jetzt konnte er sich hingebungsvoll der Aufgabe widmen, dasselbe für sie zu tun. Sie blickte zu ihm auf, und er senkte seine Lippen auf ihre.

Doch kurz bevor er sie küsste, sagte er: „Du hast mein Leben mit Freude erfüllt. Ich kann es kaum erwarten, dieses Haus mit dir zu bauen und auf jede Art und Weise für dich da zu sein. Ich liebe dich." Und dann küsste er sie. Zuerst zärtlich, dann schlossen sich ihre Arme fester um ihn, und er spürte eine Träne von ihrer Wange über seine laufen. Er küsste sie inniger, während er sie fester hielt und sie ihn an sich drückte.

Zu schnell zog sie sich zurück. „Ich war noch nie in meinem Leben glücklicher. Auf dich habe ich gewartet, Austin, und wir werden ein wunderbares Leben zusammen haben."

Und dann hob sie ihr Gesicht zu seinem und küsste

ihn erneut, und er war genauso glücklich. Er wusste, dass dieser Mann da draußen war, und wenn sie jemals sagen würde, lass uns ihn holen, würden sie es tun.

Doch im Moment ging es um sie beide, und er war mit ganzem Herzen dabei … und wenn es etwas damit zu tun hatte, dass er dieses Strumpfband bei der Hochzeit seines Bruders gefangen hatte und Tess' Blick begegnet war, dann würde er ewig für diesen seltsamen, aber wunderbaren Moment dankbar sein.

# Über die Autorin

Der Name der zeitgenössischen Bestseller-Autorin Hope Moore ist das Pseudonym einer preisgekrönten Autorin, die in Texas lebt und von Cowboys umgeben ist. Sie liebt es, Liebesromane und Happy Ends zu verfassen. Ihre herzerwärmenden Liebesromane sind voller schöner Helden, die es zu lieben gilt und wagemutiger Frauen, die ihre Herzen gewinnen.

Wenn sie nicht gerade schreibt, versucht sie hartnäckig, nicht zu kochen, da sie von Erdnussbuttersandwiches, Kaffee und Käsekuchen leben könnte. Seit sie schreibt, ist sie kaum noch in sozialen Medien präsent, aber sie LIEBT ihre Leserinnen und Leser, also melde dich für ihren Newsletter an und sichere dir die kostenlose Kurzgeschichte DIE WAHRE LIEBE IHRES MILLIARDENSCHWEREN COWBOYS.

MILLIARDENSCHWEREN COWBOYS, die Vorgeschichte ihrer Western Liebesgeschichten-Serie der McCoy Milliardärsbrüder!

Dieses Buch ist nur für Newsletter-Abonnenten erhältlich und ist die süße Liebesgeschichte von J.D. McCoy, dem geliebten Großvater der Brüder. Du wirst außerdem Leseproben ihrer Abenteuer, zusammen mit Sonderangeboten und neu veröffentlichten Büchern erhalten.

Bitte kopiere diesen Link und füge ihn in deinen Browser ein, um dich anzumelden: https://www.subscribepage.com/cowboyromantik